メディアワークス文庫

ワケあり男装令嬢、ライバルから求婚される〈上〉

「あなたとの結婚なんてお断りです！」

江本マシメサ

目　次

第一章　同級生でライバルである男との婚約なんてありえない！

「リオニー、喜べ。お前の結婚が決まった」

気難しい父が珍しく上機嫌で話し続ける。よほど、いい家柄の嫡男との結婚が決まったのだろう。

それにしても、いまさら結婚だなんて……。

先月、十九歳の誕生日を迎えたものの、結婚なんてまだ先だと思っていた。というのも、私は弟リオルの代わりに、男装をして魔法学校に通っているから。

今現在、三学年目に入ったばかりで、あと一年、学校に通わなければならないのだ。

それよりも、問題はどこの誰と結婚するか、ということだろう。

「父上、お相手はいったいどなたなの？」

「ロンリンギア公爵の嫡男、アドルフ君だ」

「アドルフ・フォン・ロンリンギアですって⁉」

思わず、その場に頽《くずお》れる。

「さ、最悪だわ……！」

「リオニー、お前は何を言っているんだ！　ヴァイグブルグ伯爵家の者で、これまで公爵家と結婚した者などいないのだぞ！　我が一族の名誉を回復する、またとない機会だと言うのに――！」

ごくごく普通の、大貴族の嫡男であれば喜んでいたかもしれない。

けれども相手は、あのアドルフである。

彼は魔法学校の同級生であり、犬猿の仲かつライバルなのだ。

そんな相手の結婚相手に抜擢《ばってき》されるなんて。

どうしてこうなったのか、と頭を抱えることとなった。

◇◇◇

そもそもなぜ、リオルの代わりに男装までして魔法学校に通っているのか。

それについては、リオルと私の〝利害の一致〟について話さないといけない。

かつてのヴァイグブルグ伯爵家はそこそこ裕福な家で、それなりに豊かな暮らしをしていたらしい。

　それがひっくり返ったのは祖父の代である。賭博で財産を使い果たしただけでなく、借金までこしらえたのだ。

　次代の当主となった父は、見かけるたびに苦悶《くもん》の表情を浮かべていた。

　ヴァイグブルグ伯爵家は古い魔法使いの家系だったが、祖父は財産だけでなく、一族に伝わる大事な魔法書でさえ賭けで失っている。

　そのため、国家魔法師である父は王宮で肩身が狭い思いをしていたらしい。

　爵位とともに借金の返済義務を請け負った父は、それはそれは苦労したそうだ。没落寸前のヴァイグブルグ伯爵家の当主である父の婚約者になりたい女性なんか見つかるわけもなく、ようやく結婚できたのは四十を超えてからだった。

　リオルを出産後、産じょく熱で亡くなった母は、慈善活動を行うのが趣味だった。父と結婚したのも慈善活動の一環だったのかもしれない、なんて話を父はしていた。

　そんな父や私たちの状況がもう一度ひっくり返る。引きこもりで魔法にしか興味がないリオルが独自の魔法を開発し、特許を取った。

　父が二十年もの間返しきれなかった借金をリオルはたった一ヶ月で返済し、我が家はみるみるうちに裕福な家となる。

そして、祖父の代で失った魔法書も取り返した。

リオルは私よりひとつ年下だったが、間違いなく天才である。幼少期は同じように魔法を習っていたのに、理解の早さがまるで違っていた。

本人はというと、魔法の研究以外のことにはまったく興味がないようで、特許の名義も父になっている。入ってくる特許料も、魔法書や研究素材に使う以外は消費しない。そのため、ヴァイグブルグ伯爵家の財政は潤っていった。

そんな状況の中、結婚適齢期である十六歳の誕生日を迎えた私だったが――誰も結婚を申し込んでこなかったわけである。持参金の心配もないのに。

父は数名結婚の打診をしたようだが、すべてお断り。なんでも急に財産を築いたので、成金《なりきん》貴族の仲間入りを果たしていたらしい。

派手な生活はいっさいしていなかったのに……。

それでも私は気にしていなかった。理由は違うけれど、かつての大叔母もそうだったから。大叔母は賭博で借金を作った祖父のせいで、婚約破棄されたのだ。それ以降、彼女は結婚に執着せず、魔法の研究に没頭。

彼女が編み出した魔法は〝輝跡《きせき》の魔法〟と呼ばれており、見る者を楽しませる光や火花などを作り出すものだった。

輝跡の魔法によって作り出された花火や流れ星は、舞台の演出やパーティーなどで今も愛されている。美しい魔法を操る大叔母は、私にとって憧れだったのだ。結婚適齢期の女性は避けようがない一大イベント、社交界デビューの舞踏会《デビュタント・ボール》。

十六歳になったばかりの私も例に漏れず、参加を強要される。しかしながら、貴族としての血統と歴史を重んじる人々の、私に向ける目は極めて冷たい。賭博に手を染めた者がいた一族の娘だから、仕方がない話なのだろうが……。

当然、ダンスの申し込みなんて受けないし、話しかけてくる猛者などいなかった。すてきな男性が私に手を差し伸べ、微笑《ほほえ》みかける――なんてロマンス小説のような展開など起こるわけもなく、私は壁のシミと化していた。

付添人をしてくれた従姉のルミは「壁の花の間違いでは？」と指摘してくれたけれど、社交界デビューに冷めた気持ちで参加している私は異質な存在。あってはならない、シミのような存在なのだろう。

ダンスの時間となり、とうとう居場所がなくなった私は、ルミに散歩をしようと提案し、庭に出る。

冬の風の冷たさが肌に突き刺さるようだった。外ですら居場所がないように思ってしまう。両手で肩を抱いて摩《さす》ってみるも、余計な抵抗だとばかりに北風が荒《すさ》む。

ルミはこんなところにいてもいいのか、社交界デビューは生涯で一度きりなのに、と咎《とが》めるものの、後悔なんてしない。

会場で誰にも相手にされず、気まずい気持ちになるよりは、ここで気ままに散歩していたほうがいい。

まだ、流れ星を探していたほうが、有益な時間を過ごせる。なんて考えていたら、視界の隅に、チカッと何かが瞬《またた》いた。

それは星の瞬きではなく、魔法によって作り出した光であった。ルミと共に空を見上げた瞬間、夜空に光の花が咲き誇る。

これは〝輝跡の魔法〟だ。

光の粒が花となり、鳥となり、星となる。最後に、流れ星のように光の筋が流れていった。

まるで、私の心を温かく包み込んでくれるような、すてきな魔法だ。

いったい誰が輝跡の魔法を発動させたのか。

周囲を見渡していたら、二階のバルコニー辺りから魔法陣が浮かんでいたのに気付く。おそらく、あそこから輝跡の魔法を展開していたのだろう。

闇に浮かぶ人影に目を凝らすものの、すぐに踵《きびす》を返《かえ》して立ち去ってしまったようだ。

ルミと共に慌てて二階に駆け上がるも、バルコニーはもぬけの空。

高鳴る胸を押さえ、再び夜空を見上げる。今宵《こよい》は星ひとつない暗い空だったので、魔法で彩りを加えようと思ったのか。

ルミが他の場所を探そうかと提案するも、私は首を横に振る。

輝跡の魔法の記憶は、脳裏に焼き付くほどに美しいものだった。それを発動させた人の正体がわからないほうが、ロマンがあるだろう。

思いがけない出来事があり、社交界デビューの思い出は悪いものではなかった。

輝跡の魔法は、人々を幸せにしてくれる。いつか私も大叔母のように、美しい魔法を作りたい。そのためには、魔法をもっともっと学びたかった。

けれども、女性貴族が通う魔法学校はないのである。

その理由は、貴族女性の結婚適齢期が十六から十九歳までで、そもそも学校なんかに通っている暇なんてないから。

なんとも腹立たしい気持ちになるものの、古くからの慣習は簡単に覆せない。

つまり、我が家の中で魔法学校に通えるのはリオルだけ。

羨ましいを通り越して妬ましい。そんな思いを抱く中、リオルが信じがたい発言をする。

「魔法学校？　そんな子《こ》ども騙《だま》しの場所になんて行きたくないんだけれど」

「リオル、何を言っているの⁉」

「魔法学校なんて行きたくないって言っているの」

当然、私は怒った。王都にある〝アダマント魔法学校〟は数ある魔法学校の中でも歴史が長く、国一番の高等魔法を学ぶことができる。

魔法の知識だけでなく、一人前の貴族になるように貴顕《きけん》紳士を育成する場でもあるという。全寮制で、すべての生徒は親元を離れ、独立した生活を経験できる。そんな歴史ある魔法学校には、すべての子どもが入学できるわけではない。

まず、出生届と共に入学を希望し、選別が行われる。今は親が魔法学校を卒業した者でないと入学試験を受ける資格すら得られない。

つまり、リオルが魔法学校の入学を拒否したら、次代のヴァイグブルグ伯爵家の子どもはアダマント魔法学校に通えない。

父もリオルを説得したが、聞く耳なんて持たなかった。

「私は男装してでも魔法学校に通いたいのに！」

「そうすればいいじゃん」

リオルの返しに、目が点になる。

「僕は魔法学校に通いたくない。でも、姉上は魔法学校に通いたい。だったら姉上が僕に変装して魔法学校に通えばいい。見事な利害の一致じゃないか」

「で、でも、そんなことが許されるわけがないわ」

ちらりと父親の顔を見る。腕を組み、眉間に皺《しわ》を寄せていた。

とんでもない計画としか言いようがない。そう思っていたが——。

「リオルがそう言うのならば、致し方ない。リオニー、お前が魔法学校に通うんだ」

まさかの許可が出たわけである。ヴァイグブルグ伯爵家が抱える借金を返済し、財を築いたリオルの意見を、父は無視できない。そんなわけで、私は晴れて魔法学校に通えることとなった。

ただ、男装がバレたら一大事である。私は十七歳となり、少年と誤魔化すのはいささか無理があった。

体には凹凸があり、声変わりもしない。魔法学校の制服をただ着ただけでは、女にしか見えなかった。

どうしようかと悩む私に、リオルがある魔法薬のレシピを教えてくれた。

それは、声変わりの飴玉《あめだま》。

材料は〝カエルの声帯〟に、〝魔石砂糖〟のふたつ。どちらも魔法学校の売店で販売している、手に入りやすい材料だ。

この声変わりの飴玉を舐《な》めると、八時間ほど声が男性のものに変化するらしい。

リオルの指導で、私は声変わりの飴玉の作り方を習得する。

男装については、魔法での解決は今の私では難しいと言われてしまった。

なんでも姿形を偽る魔法は、高い技術とたくさんの魔力を必要とするらしい。国家魔法師である父ですら、できないようだ。

「姉上は上背があるから、体の補正で男に見えるかもしれないよ」

「たしかに」

私の身長はリオルよりも高く、五《百》フィー《七》ト《十》八《セ》イ《ン》ン《チ》チあった。

社交界デビューのときは、背が高すぎるなんて陰口を叩《たた》かれていたけれど、男装時はそれが役に立つ。

長い髪は紐《ひも》で簡単に結べばいい。魔力は髪の毛にも宿ると言われており、伸ばしている人も多いのだ。男装するために、わざわざ切る必要はない。

ただ、問題は他にあった。体の線が、どうしても女にしか見えなかったのである。

胸に布を巻いてみたものの、苦しくて勉強どころではなかった。

続けていたら慣れるかと思ったが、そんなことはなく――。

無理した結果、倒れてしまう。医者から胸に布を巻く行為は禁じられてしまった。

どうすればいいものか……。

途方に暮れる中、ルミが遊びにやってくる。気分転換も必要だと思い、彼女とお茶をすることにした。

開口一番、ルミは私に問いかけてくる。

「リオニーさん、何か悩み事でもあるのですか？」

「ど、どうしてそう思うの？」

「元気がなかったので」

幼少期からの付き合いであり、姉のように私の面倒を見てくれる彼女は、すべてお見通しだったわけだ。

「じ、実は――」

悩みをすべて打ち明ける。魔法学校に男装して通うことになった私の話を、ルミは真面目な表情で聞いてくれた。

「そんな大変なことになっていたのですね」

「ええ。目下《もっか》の悩みは、どう男装をするか、ということなの。胸に包帯を巻いたら、とても苦しくなって、医者から止められてしまって」

倒れてまでも男装しようとする私に対し、父は呆《あき》れ、弟はバカにするような目で見ていた。けれども私は、このチャンスを逃したくない。

ルミは私の手を握り、淡く微笑みかける。

「男性しかいない魔法学校に、女性であるリオニーさんが通うなんて、茨の道としか言いようがありません。けれども、私は応援したいと思っています」

「ルミ、ありがとう……」

まさかルミが後押ししてくれるなんて、思ってもいなかったのだ。

さらに彼女は、思いがけない提案をしてくれた。

「魔法学校に通うようになったら、外出もままならないのでしょう？　リオニーさん、今日はお出かけしましょう」

「え、ええ」

ルミと共に向かった先は、花嫁学校で使う品物が販売される商店だった。

「あの、ルミ、ここには私が必要な品はないように思えるのだけれど」

「実は、あるんですよ」

ルミは去年の秋まで、花嫁学校に通っていた。そのため、ここで何を売っているのか把握しているのだろう。

「ダンスの授業で、使っていた物がありまして」

ルミが手に取ったのは、不思議な形をした下着。

「ねえルミ、それは何？」

「胸を平らにして、くびれを補正する、矯正用の下着ですわ」

それは、男装のために喉から手が出るほど欲していた物だ。けれどなぜ、これがここに置いてあるのか。ルミが用途を説明してくれた。

「花嫁学校は女性ばかりの学校ですので、ダンスの授業の男性役を務めるさいに、この矯正用の下着を着用し、男性パートを踊っていたのです」

「なるほど。そういう目的で使うのね」

女性だと胸に膨らみがあり、ウエストにはくびれがあって、ホールドのイメージがつかみにくい。そのため男性役の体型を補正し、授業を行っていたのだろう。

「これはダンスをしていても苦しくなりませんので、学校生活のお役に立つのではないでしょうか？」

私はルミに抱きつき、感謝した。

「ルミ、ありがとう！」

「いえいえ」

ルミが教えてくれた矯正用の下着のおかげで、男装はなんとか形になった。

頑張ったのはそれだけではない。入学前に行われる試験も重要であった。

なんと、上位二名には個室が与えられるのである。

男装する以上、絶対に個室がほしい。見知らぬ男子生徒との同室なんてごめんだ。

そう思い、必死になって勉強したのである。

寝る間を惜しみ、時にはリオルに指導を頼みつつ、私は試験に挑んだ。

結果、私は首席だったのだ。

父も試験結果には大変満足したようで、これから先も首位をキープするようにと言うばかりであった。

――以上が、弟の代わりに男装までして魔法学校に通っている理由である。

三年間魔法学校に通い、卒業後は平々凡々な男性と婚約し、結婚するものだと思っていたのに。

まさか、あの、アドルフ・フォン・ロンリンギアと結婚することになるなんて。

ひとりでは抱えきれず、ルミのもとへ駆け込んでしまった。

「あらあら、リオニーさん、どうかなさったのですか？」

「ルミ、最悪なの！　私、あの、アドルフ・フォン・ロンリンギアと結婚することになって……。どうすればいいの？」

「アドルフ・フォン・ロンリンギアというのは、公爵家の嫡男の？」

「ええ、そう」

「彼が、どうかなさったの？　なぜ、最悪なのですか？」

ルミに聞かれ、ハッと我に返る。魔法学校に通っていた二年間、ルミに近況を書き綴《つづ》った手紙を送っていたものの、アドルフについては書いていなかったのだ。

「そういえば、話していなかったわね」

これまで楽しかったことだけ、彼女には報告していたからだろう。

アドルフ・フォン・ロンリンギアとの因縁の日々と、大変だった魔法学校での暮らしについてルミに初めて打ち明けることとなった。

◇◇◇

さかのぼること二年前――。

ついに、私はアダマント魔法学校に入学する。歴史ある校舎を見上げると、熱い息を吐く。

魔法学校の創立は三世紀も前――世界的に魔法使いの数が減少していたことを危惧した国王が、才能がある者を集めて教育するよう命じたのが始まりだったらしい。

なんでもこの世界は魔法使いがいないと、いつか滅びてしまうのだという。

どうしてそうなるのか。その理由は、この世界は魔力で構成され、人もまた、血肉に魔力が溶け込んで生きる存在だからだという。

この世界では月から発せられる魔力を世界樹が浴び、各地へ張った根を通して供給している。その魔力を自在に操り、暴走しないように導く魔法使いの存在が不可欠となってくるのだ。

魔法や魔法書の多くは、貴族の家に代々伝わっているという。そのため、魔法使いの大半は貴族が占めている。

実家のヴァイグブルグ伯爵家も例に漏れず、魔法使いの血筋を受け継いでいたというわけだ。

紅葉の並木道を歩く私を、誰も見咎めたりはしない。私を女だと、認識していないのだろう。ホッと安堵《あんど》しつつ、魔法学校の校舎へ向かった。

私は意気揚々と全生徒の前に立つ。こうして目立ったら男装がバレるのではないのか、とドキドキしたものの、奇異の視線は感じない。

大丈夫、堂々としていたら気付かれるわけがない。そう自らに言い聞かせつつ、新入生の代表挨拶を読んだ。

無事、役割を終えて席に着く私へ、親の敵を見るような猛烈な視線を向ける者がいるのに気付く。

艶のある黒髪に、生意気そうな色合いが滲《にじ》む青の瞳を持つ男子生徒――アドルフ・フォン・ロンリンギアである。

まさか私が女だとバレたのではないのか、と不安になったが、それは杞憂《きゆう》だった。

隣に座っていた赤毛の男子生徒が、こっそり教えてくれた。

なんでも彼は首席を取るつもりで試験に挑んだようだが、まさかの次席だったのだ。

それが悔しくて睨《にら》んでいたのだろう。

「気にすることないよ」

赤毛の男子生徒はニカッと微笑みつつ、私を励ますように肩を叩く。彼は赤いタイを結んでいるので、同じ寮の生徒なのだろう。その縁で、声をかけてくれたのかもしれない。

入学式が終わったあと、アドルフは取り巻きを大勢引き連れながら物申しにやってきた。

「おい、お前！」

「何？」

いつも弟がしているみたいに、気だるげな感じで言葉を返す。その態度がよくなかったのか、彼の瞳は一気につり上がった。

「首席になったからといって、調子に乗るんじゃないぞ」

「は？」

「足を掬《すく》われないように、気を付けろ」

堂々たる態度で宣言し、アドルフは取り巻きを引き連れて去っていく。

これが彼との出会いだが、このときの私は高慢な男だ、としか思っていなかった。

その日から、彼との腐れ縁が始まったというわけである。

アダマント魔法学校は一学年から三学年までの三年制で、ひと学年につき九十名しか入学できない狭き門である。寮は家柄によって分けられており、同じような生活基準の者たちが集まって暮らしている。

貴族や地主を親に持つ、アッパークラス出身の者たちが集められるのは〝アロガンツ寮〟。

聖職者や法律家、軍の士官、商人などを親に持つ、アッパーミドルクラス出身の者たちが集められるのは〝ギーア寮〟。

下位中流階級の者たちを親に持つ、ロウワーミドルクラス出身の者たちが集められた〝トレークハイト寮〟。

以上、三つに分かれているのだ。

なんでも以前は全部で七つの寮があったようだが、魔法使いの人口減少と共に減っていったらしい。

クラスは家柄、成績に関係なく構成される。そのため、同じクラスに成績優秀者で学費は免除となる特待生《スカラー》、親が学費を支払う自費生《コモナー》と、学校側が学費の一部を支援する奨学生《バーサリー》が並んで魔法を学ぶのだ。

私は親が貴族のため、寮はアロガンツ。自費生だったけれど、成績優秀者として特待生となった。

特待生には特別なガウンが贈られ、制服の上からの着用が許されている。その特待生は各学年でふたりだけ。つまり一学年では私と次席の彼である。

そのため、他の生徒から注目を浴びてしまう。

「おい、見てみろよ。あいつ、特待生だぜ」

「あのガウン、かっこいいな」

注目を浴びるのは嫌いだが、自分の頑張りが認められるのは悪い気はしない。

ガウンが着られるというのは魔法学校の生徒にとって、大変な名誉だと聞いていた。

当初の目的どおり、私は晴れて魔法学校に入学でき、首席となったので寮の三階にある個室が与えられた。

各階には十もの部屋があり、学年ごとに使う階層が分かれている。首席と次席のみ個室が与えられ、あとは二名から三名で部屋を共用している。

ちなみに、一学年は三階を利用し、二学年は二階、三学年は一階を生活の拠点とする。

食堂や談話室は一階にあるが、上級生である三学年の目が行き届いているため、お行儀よく過ごさなければならないのだ。

一年目は毎日三階まで上り下りするのだが、寮は古い建物なので魔石昇降機などない。そのため、階段を使って駆け上がらないといけなかった。入学までに体力作りをしていたものの、三階に上がりきったときには息が乱れる。

けれども部屋は角部屋で、窓は二カ所あった。そこから望む魔法学校の景色は悪くない。古めかしい部屋だが立派な暖炉があり、本棚は壁一面に用意され、大きな勉机もある。階段の上り下りは大変だが、部屋はとても気に入っていた。

寮は豊かな森林に囲まれており、遠くに校舎と校庭が見える。寮から校舎までは馬車で十分ほど。通学用の馬車が出ているのだが、私は体力作りのため、毎朝三十分ほど歩いている。

ひとつの街と言っても過言ではない魔法学校の周囲は、重厚な煉瓦《れんが》の塀に囲まれており、堂々とした錬鉄《れんてつ》の門が生徒たちを迎える。魔法を学ぶ校舎は礼拝堂のような造りで、美しく厳かな雰囲気をかもしだしていた。

芝生があおあおと茂った校庭を囲うように、生徒会を初めとする生徒の活動が行われるクラブハウス、立派な図書館などなど、魔法学校自慢の施設が並んでいる。

特に目を奪われるのは、半円状の水晶温室である。本物の水晶のような輝きを放ち、中では授業で使う薬草が育てられているのだ。

うっとり見とれていると、隣の部屋からガタゴトと物音が聞こえた。

一年間、生活を共にする生徒である。挨拶をしたほうがいいだろう。

さっそく、挨拶に向かう。

扉を叩くと、「誰だ！」と偉そうな返事があった。隣の部屋の者だと答えると、扉がそっと開かれた。

顔を覗かせたのは、アドルフ・フォン・ロンリンギア。

お互いにハッと驚くような反応をしてしまった。息を合わせるつもりはなかったのだが……。

部屋割は成績順らしい。なんとなくそうなのでは、と予想していたものの、ついていないと改めて思ってしまう。

ずっと見つめ合っているわけにもいかないので、「一年間よろしく」とだけ言っておく。アドルフは私をジロリと睨みつつ、話しかけてきた。

「お前、姉がいるのか？」

突然私について聞かれ、胸が飛び出そうなくらい驚く。

「いるけど、なんで？」

「結婚は？」

「していないけど」

「婚約者は？」

「いない」

そう答えた瞬間、アドルフは嘲り笑った。

「なんだ、嫁ぎ遅《いき》れか」

私はまだ十七歳で、結婚適齢期である。社交界デビューは散々だったけれど、もしかしたら父が結婚話を持ってくる可能性だってあるのに。

アドルフはご丁寧に一日に二回も、私の神経を逆なでてくれたのだった。


入学式の翌日はクラス発表があった。成績のバランスを考慮し、三つのクラスに分けられる。伝書鳩《でんしょばと》が部屋まで通知を運んできてくれたのだ。

クラスは一学年の二組。自分のクラスが書かれているのみで、誰と一緒というのはまだわからない。

クラスメイトと仲良くできるのか、ドキドキしながら身なりを整える。

顔を洗い、歯を磨く。購買部で購入した洗髪剤は髪質に合わなかったからか、少し髪がごわついた。家で使っているものを送るように、侍女に手紙を書かなければならない。寝癖がついた髪を梳《くしけず》り、ベルベットのリボンでひとつに纏《まと》める。

寝間着を脱いで下着の上から補正下着を着用し、肌着を重ねる。その上にシャツを着込み、ズボンを穿《は》いた。

このズボンも最初は慣れなかったが、今ではドレスよりも楽だと思うくらいである。

首に巻くタイは窮屈だが、腰回りを絞めるコルセットよりはマシだろう。

ちなみにタイは寮ごとに異なり、アロガンツ寮は赤をベースにした白で縁取りされたリボンが特徴である。ギーア寮は青、トレークハイト寮は黄色と、制服姿でもタイのカラーで寮が解《わか》るようになっているのだ。これは学校内で怪我《けが》をしたときや、トラブルに巻き込まれたさいに、周囲にいる者が適切に対処できるよう目印となるらしい。

さらに、協調性を育むためお揃いにしているのだとか。

シャツの上にウエストコートを合わせ、ジャケットを着る。ガウンをまとい、仕上げとばかりに声変わりの飴玉を食べた。きちんと声が変わっているか発音しつつ、姿見で全身を確認したが問題なかった。

食堂は寮の一階にあり、三十人は座れそうな巨大なテーブルがいくつも鎮座している。用意されている料理を好きな量だけ取り分けて、それぞれ食べる形式だと聞いていた。

料理は実家で食べていたものとそう変わらない。オートミールに魚の燻製《くんせい》、ソーセージにチーズ。飲み物はミルクのみ。朝食は基本的に火を使わないものが出される。

食べられるだけの量を確保していたのだが、周囲の男子生徒は皿にチーズやソーセージを山盛りにしていた。育ち盛りなので、これくらいが普通なのだろう。

料理に近い席を上級生が使い、料理から遠い席を下級生が使う。どの席に座ろうか迷っていたら、食堂の前方で腕組みしていた上級生が声をかけてくる。

「君、席をえり好みしていないで、空いている場所に座りたまえ」

髪をオールバックにして、眼鏡をかけた上級生は腕章を付けていた。彼は各寮にひとりだけ配置される監督生《プリーフェクト》である。名前はたしか、エルンスト・フォン・マイと言っていたか。

監督生は下級生を監督、指導する立場で、皆が集まる場でこうして周囲に厳しい目を配っているのだ。

以前までは〝寮長〟という肩書きもあったようだが、生徒の減少とともになくなったらしい。

そんな事情もあり、寮の頂点に立つのは監督生というわけだ。

この監督生に目を付けられたら厄介である。すぐに返事をして、従順な態度を示しておく。

近くの空いている席に座ろうとしたら、昨日入学式で話しかけてくれた男子生徒が手を振りながら声をかけてくれた。

「おい、首席、こっちの席に来いよ」

赤い髪に垂れた目が特徴的だったので、しっかり顔を覚えていたのだ。

「首席じゃなくて、リオルだよ。リオル・フォン・ヴァイグブルグ」

「リオルか。俺はランハート。ランハート・フォン・レイダー。よろしく」

レイダー家と言えば、魔法騎士を多く輩出している名家だ。由緒ある学校には、名門の嫡出である者が集まるのだろう。さすがとしか言いようがない。

「なありオル、お前、クラスはどこだ？」

「一学年の二組」

「俺と一緒じゃん。偶然だな」

「そうだね」

ランハートと握手を交わしたところで、大勢の取り巻きを引き連れたアドルフがやってきた。学年でふたりしか着用を許されない特待生のガウンを、これでもかと見せつけるように翻している。

「まるで王様のパレードだな」

ランハートの言葉に、深々と頷《うなず》いてしまった。

アドルフは堂々たる態度で取り巻きの先頭を歩いていたのだが、途中で監督生から三名以上の集団行動はしないようにと注意されていた。

取り巻きの気まずげな表情がなんとも言えない。

こっそり笑っていたつもりだったが、アドルフと目が合ってしまう。またしても射るような冷たい視線を浴びてしまった。

朝食を食べたあとは、魔法書を片手に校舎へ向かう。廊下を歩いていたら、ランハートが肩を組んできた。

体当たりするような勢いだったため、驚いてしまう。

そういえば父も、知り合いとこういう触れ合いをしていたような。女性社会にはない、一種のスキンシップなのかもしれない。

しばらくしたら、慣れるだろう。そう、自分に言い聞かせておいた。

一限目は魔法生物学だ。最初の授業では使い魔を召喚するらしい。

使い魔というのは、魔法使いの手足となって薬草採取をしたり、背中に跨《また》がって移動したりする、妖精や精霊、幻獣のことである。

授業で召喚した使い魔は、魔法学校を卒業するまでの付き合いとなるのだ。希望すれば、その先も契約を交わすことができるらしい。

どの使い魔が召喚されるかは、生徒個人の魔力量や素養が重要だという。

使い魔の召喚は魔法学校に入学が決まってから、一番楽しみにしていた授業である。

うきうき気分で教室に向かった。さっそく、指定された端の席に座る。

ランハートは少し離れた席だった。前は黄色いタイを結んだ小柄な男子生徒。後ろは青いタイを結んだ神経質そうな細身の生徒だった。

隣はいったい誰なのか。落ち着かない気持ちを持て余しているところに、アドルフが入ってきた。

ザワザワと騒がしかった教室が、一瞬にして静まり返る。

四大貴族の生まれである彼は、有名人なのだろう。

ズンズンと大股で教室を闊歩《かっぽ》し、あろうことか私の隣に腰を下ろした。

最悪だ。部屋も隣で頭を抱えていたのに、同じクラスで席も隣だとは。アドルフはいっさい私のほうを見ようとせず、ぶすっとした表情でいた。

きっと、朝から監督生に注意された件に腹を立てているのだろう。

それにしても、彼と同じクラスだなんてついていない。普通は首席と次席は別のクラスに振り分けるだろうに。教師陣はいったい何を考えているのか謎だった。

ランハートがこちらを見つつ、大丈夫かと口をパクパクさせている。気にするなと手を振って示しておいた。

そうこうしているうちに、授業が始まる。魔法生物科の教師がやってきた。

黒く長い魔法衣《ローブ》をまとい、白い髭《ひげ》が特徴的なお爺《じい》さん先生である。

「ええ、新入生のみなさん、おはようございます。私は魔法生物科の教師、ザシャ・ローターです」

さっそく、授業へと移る。

今日、行うのは本契約ではなく、仮契約らしい。使い魔と三年間過ごし、希望者のみ本契約の方法を習うようだ。

全員に魔法巻物《スクロール》が配られた。中には魔法陣が描かれている。

「えー、魔法生物を召喚するので、机を教室の端に除《の》けてください」

なんでも、大型の使い魔が召喚されることがあるらしい。そのため、魔法はひとりひとり教室の中心で試すという。

方法は簡単だ。魔法巻物《スクロール》の魔法陣に、体液を一滴落とすだけでいいという。

「血液、涙、唾液など、体液ならばなんでも構いません」

ザワザワと周囲が騒がしくなる。皆、どうしようか話し合っているらしい。

アドルフも取り巻きと一緒に言葉を交わしている。

私もどうしようかと考えていたら、ランハートが声をかけてきた。

「なあ、リオル、お前はどうするんだ?」

「涙は無理だし、唾液はなんか汚いから、血液かな」

「ヒュー! お前、勇気あるな」

勇気があるというか、消去法である。

「誰から挑戦しますか?」

手を挙げようとしたその瞬間には、ひとりの生徒が挙手していた。

アドルフである。

「では、えー、ロンリンギア君、挑戦してみなさい」

消毒液に浸《つ》かっていた魔法のナイフが差し出される。アドルフは無表情で受け取り、教室の中心に立った。

そして、なんの躊躇《ちゅうちょ》もなく手のひらを傷付け、血を魔法巻物《スクロール》に滴らせたのだ。

「ああ、そんなに切りつけなくても――」

ロータス先生がそう言いかけた瞬間、アドルフの魔法巻物《スクロール》は眩《まばゆ》い光に包まれていった。

あまりの眩さに目を閉じる。

いったい何が召喚されたのだろうか。

光が収まり、ローター先生が「目を開けても大丈夫です」と口にした。

そっと瞼《まぶた》を開く。

教室の中心には、白くて大きな狼《おおかみ》の姿があった。

「あれは――フェンリル⁉」

私の呟《つぶや》きを聞いたローター先生が「そうです」と答える。

フェンリルは極めて稀少《きしょう》な、気高き幻獣だ。現代では目撃されず、おとぎ話にのみ登場する存在として伝えられていたのだが……。

ローター先生も驚いているようだった。一方で、アドルフはそこまで動じているようには見えない。

「ロンリンギア君、契約の命名を」

アドルフは頷き、フェンリルを指差しながら名付ける。

「我が名はアドルフ・フォン・ロンリンギア。そして汝《なんじ》の名は、〝エルガー〟」

フェンリルは姿勢を低くし、『グルル！』と低い声で鳴いた。

契約は受け入れられたようで、白く輝く魔法陣が浮かび上がり、パチンと音を立てて弾《はじ》けた。

「ロンリンギア君、お見事です」

そう言いながら、ロータ先生はアドルフの傷付けた手に回復魔法を施す。

元の位置に戻ると、取り巻きたちがワッと沸いた。他のクラスメイトもアドルフの周囲を取り囲み、さすがロンリンギア公爵家の嫡男だと誰もが口にする。

それを聞いたアドルフは、ちっとも嬉《うれ》しそうではなかった。

未来の公爵ともなれば、うんざりするくらい褒められながら育ってきたので、慣れっこなのかもしれない。

ここで、ランハートが思いがけないことを耳打ちする。

「なあ、あれ、仕込みだぜ」

「仕込みってどういうこと？」

「あらかじめフェンリルが召喚される魔法巻物《スクロール》を、公爵家が用意したんだ」

「どうしてそんなことができるの？」

「ロンリンギア公爵家が、学校側にたっぷり寄付したんだ。その結果だよ」

なんでも首席ではなく次席だったことに危機感を覚えたロンリンギア公爵家が、息子であるアドルフを活躍させるために仕込んだものだという。

ローター先生は驚いていたようだが、あれも演技なのか。

アドルフは喜んでいなかったので、もしかしたら知っていたのかもしれない。

「次は誰がしますか？」

誰も挙手しようとしない。フェンリルという高位の使い魔が召喚されたあとでは、誰だって見劣りする。そのため、二の足を踏んでいるのだろう。

私は別に気にしないので、名乗りでた。

「では、ヴァイグブルグ君、注意して挑戦しなさい」

「はい」

教室の中心に立ち、魔法のナイフを手に取る。指先をほんのちょっとだけ傷付け、魔法巻物《スクロール》の魔法陣に血を落とした。

魔法陣が眩い光を放つ。その輝きはアドルフがフェンリルを召喚したときよりも強い光だった。

もしかしたら、彼よりもすごい使い魔を喚《よ》べるかもしれない。

孤高の幻獣グリフォンとか。それとも、火山の蜥蜴《サラマンダー》とか。

いやいや、使い魔最強と名高いドラゴンかもしれない。

胸を高鳴らせながら、使い魔の登場を待つ。

光が収まると、視界に小さな真っ黒い鳥が飛び込んできた。

『ちゅり！』

「ちゅり？」

それは拳大ほどの黒雀《くろすずめ》であった。

『召喚いただき、ありがとうちゅり！』

「……」

『よろしくおねがいしまちゅり！』

私が三年間使い魔として契約するのは、お喋《しゃべ》りな黒雀……。

シーンと静まり返っていたものの、アドルフの取り巻きのひとりが「ぷっ！」と噴き出した。それをきっかけに、クラスメイトは皆、大笑いし始める。

「なんだよ、あれ！　雀の使い魔とか、聞いたことねえぞ！」

「前代未聞だな」

「笑わせてくれるぜ！」

口々に指摘するものだから、さすがの私も恥ずかしくなる。ローター先生は静かにと声をかけ、私に使い魔の命名をするように指示した。

黒雀は名付けが始まると知り、ドキドキしているような視線を向けてくる。

『期待が高まるちゅり！』

「……」

黒雀を指さし、命名した。

「我が名は――」

ここで弟の名を言うのは契約に反する。そのため、黒雀を捕まえて傍《そば》に寄せると、小声で「リオニー・フォン・ヴァイグブルグ」と名乗った。

弟と私の名前はそっくりなので、まあ、周囲の人に聞こえていたとしても、聞き違いだと思われるだろう。

続けて、黒雀に名を授ける。

「そして汝の名は、〝チキン〟！」

『チ、チキン‼』

ここでも、大爆笑が巻き起こる。「鶏肉《とりにく》じゃねえか！」なんて指摘《つっこみ》も聞こえる中、黒雀改めチキンは、翼を頬に当てて嬉しそうにしていた。

『チキン……！　チキン……！　なんて崇高《すうこう》な響きちゅり！』

思いがけず、お気に召してもらえたようだ。まあ、なんというか何よりである。

『ふつつか者ですが、どうぞよろしくおねがいしまちゅり！』

白く輝く魔法陣が浮かび上がり、パチンと弾けた。問題なく、契約は受け入れられたわけである。

その後、私の黒雀召喚でハードルが下がったのか、クラスメイトは次々と使い魔を召喚する。

彼らは私を大笑いしたが、召喚したのはよくてカエルだったり、蛇《へび》だったりと、黒雀とレベルはそう変わらない。結局、高位の幻獣を召喚したのはアドルフのみ。ただ、人の言葉を喋るのはチキンだけだった。

テストではないものの、実力を計る授業のようで、放課後に今日の授業の成績が張り出されるらしい。見るまでもなく、間違いなくアドルフが一位だろう。

その後は一日、魔法の基礎的な座学ばかりだった。どれも家庭教師に習ったものばかりだったが、こうして授業を受けられるだけで幸せだ。

隣に座るアドルフは、思いのほか真剣に授業を受けている。意外だと思った。

放課後――掲示板に魔法生物学の成績が張り出された。三クラス、九十名の生徒全員の順位が発表されている。

私よりも先に、チキンが結果を見にいく。

「ねえ、チキン。勝手に行かないで」

『ご主人が一位で間違いないちゅりよお』

どこからその自信がでてくるのか、不思議でたまらない。私が一位のわけがないのに……。

『ちゅり⁉』

チキンの叫び声が、廊下に響き渡る。

『こんなの間違いちゅり‼　ご主人が二位なわけ、ないちゅりよ‼』

「あ、二位だったんだ」

意外と高評価をもらっていたようで、驚いてしまう。チキンは私が一位と信じていたようで、酷《ひど》く落胆していた。

これ以上騒がれては困るので、掲示板に張り付いていたチキンを剝がし、ポケットに詰め込んでおく。チキンは暗くて狭い場所は落ち着くのか、大人しくなった。

一位は予想通り、アドルフだった。取り巻きらしき一団が大盛り上がりしていた。けれども、当の本人であるアドルフの姿はない。

いったいどこにいったのか、なんて考えていると、ランハートが肩をぽん！　と叩いてきた。

「リオルすげえじゃん。二位だってよ。お前の黒雀、意外と評価高かったんだな」

「みたいだね」

クラスメイトが召喚した使い魔のほとんどが、毛虫や蟻《あり》などの小さな虫だった。そんな中で見たら、黒雀は優秀なほうなのだろう。

ちなみにランハートが召喚したのはカエルである。ポケットに入れて愛《め》でているようだ。

「リオル、放課後はどうする？ クラブの見学に行かないか？」

「いや、今日は購買部で買い物をしたくて」

「そっか。わかった」

一緒についてくる、と言ったらどうしようかと思ったが、ランハートは手を振りつつ去っていった。これが貴族令嬢同士だったら、絶対に同行を申し出るだろう。

これは男女の付き合いの違いなのか。それともランハートがさっぱりした気質なのか。その辺はよくわからない。

購買部には声変わりの飴玉を作る材料を買いに行く。入学前にたくさん作っていたのだが、質のよい素材があるかどうか確認したいのだ。

放課後の廊下は閑散としていた。生徒のほとんどはクラブ活動を行っているからだろう。

もっとも人気なのは魔法騎士クラブだ。従騎士としての活動を行い、希望を出せば卒業後は魔法騎士になれる。

魔法騎士に憧れる者は多く、卒業後にたくさん輩出していると聞いた。

窓を覗くと校庭で魔石馬に跨がり、杖《つえ》を手に駆けている様子が見えた。

魔石馬というのは、人工ユニコーンと言えばいいのか。額に水晶みたいな角が突き出し、強い魔法耐性を持つ馬である。

魔法騎士の家系であるランハートはきっと、あのクラブに入部するのだろう。

太陽が傾き、あかね色の日差しが差し込んでくる。廊下に窓枠の模様を描いていた。

コツコツと前方から歩いてくる足音が聞こえ、視線を向ける。

やってきたのはアドルフだった。このような時間に歩き回っているということは、クラブ活動などしないのか。まあ、どうでもいいけれど。

そのまま無視して通り過ぎようと思ったのに、アドルフはなぜかズンズンと私のほうへやってくる。いったいなんの用なのか。思わず身構えてしまった。

アドルフは私の前でピタリ、と止まり、ボソボソとハッキリしない声で話しかけてくる。

「教師も、生徒も、……も、皆が皆、馬鹿共ばかりだ」

なぜ、悪態を聞かされなければならないのか。

魔法生物学の成績は一位だったのに、ずいぶんとご機嫌斜めである。

「お前、魔法生物学の順位を見たか？」

「見たけれど」

「どう思った？」

「別に。思ったよりもよかったな、としか思わなかったけれど」

そう口にした瞬間、アドルフは舌打ちする。

「お前も大馬鹿だったのか」

「は⁉」

二位を取っているのに大馬鹿呼ばわりとはどういうつもりなのか。

もしかしたら、自分よりも下位に位置する者は全員馬鹿なのかもしれない。

「お前が一位だったはずだ。それに気付いていないとはな」

「いや、でも……」

フェンリルよりも黒雀が勝《まさ》っているなんてありえないだろう。

「俺のフェンリルは実家の仕込みだ」

やはり、アドルフは知っていたようだ。ずるをしてでも首位になりたい、という意気込みかと思っていたので、意外に思ってしまう。

「教師に訴えたが、聞き入れてもらえなかった」

「そう」

アドルフは眉間に皺を寄せ、苦悶の表情でいた。なんというか、良家に生まれた子にも悩みはあるのだろう。

誰よりも高い自尊心を持っているからか、怒りを持て余しているようだ。このままでは八つ当たりされてしまう。そう思ったので、慎重に言葉を選んで返した。

「でもまあ、フェンリルを喚べたとしても、契約するかはフェンリル次第だから。契約できた実績は、君の本当の実力だと思う」

これ以上悪態を吐《つ》かせないため、私は彼の前から去る。どんな表情をしていたかは、わからなかった。

この日から、アドルフとの熾烈《しれつ》な成績争いが始まったというわけである。

幼少期から弟リオルばかりが優秀だと思っていた。けれども魔法学校に通い始めて、私もリオルには敵《かな》わないものの、けっこう優秀であるということに気付く。

リオルが簡単にやってのける魔法ができなかったり、私が解読できない魔法書がリオルには読めたりと、自尊心が傷付くときもあった。けれどもそれはリオルが飛び抜けた天才だったというだけで、魔法学校で基本から丁寧に習うと、どれもできるようになる。

魔法学校に通ってよかったと思うのはそれだけではない。

親元を離れて暮らす寮生活は思いのほか楽しく、卒業後は家を出て家庭教師でもしながら暮らすのもいいな、と思ったくらいである。

男同士の付き合いも、どこかカラッとしていて面白い。

入学式で出会ったランハートは、二年という月日を経て今や大親友である。

魔法について勉強する量も、実家にいた頃よりずっと増えた。というのも、アドルフというライバルがいたからだ。

私とアドルフの成績は五分五分だった。入学試験のときに首席が取れたのは、本当に運がよかったのかもしれない。

二回目の試験で二位となってしまった私は、アドルフからこう言われたのだ。

――お前、勉強してなかったのか？

そんなわけない。試験前は部屋に引きこもり、夜遅くまで勉強していた。精一杯の実力を出したのにもかかわらず、二位だったのだ。

アドルフが私を見つつ、嘲り笑いながら「次は頑張れ」と声をかけてきた瞬間、私の闘争心に火が点《つ》いた。

それからというもの、私は勉強に励んだのだった。

「――というわけで、二年間、アドルフとはいろいろあったのよ」

アドルフとの因縁と魔法学校での日々をルミに語って聞かせる。

「リオニーさんからのお手紙には、いつも楽しく過ごしているとあったので、まさかロンリンギア公爵家のご子息と、そんなことになっていたとはまったく思いもしませんでした」

「本当に、いい迷惑だったわ」

他にも、実技魔法が苦手な私を嘲笑《あざわら》ったり、体力がないとバカにしたり、魔法学校に入学以来背が伸びていないとからかってきたり。

私が気にしていることを、ここぞとばかりに突いてくる嫌なやつだったのだ。

「もしかして、リオニーさんはロンリンギア公爵家のご子息に、いじめられていたのですか？」

「いいえ。あの人は自分で手を下すようなヘマはしなかったわ」

アドルフの取り巻きには、本人がいない場面で絡まれた。無視していたら、手を出してくる日もあったのだ。

それに関しては、使い魔のチキンが活躍してくれた。

私の手の甲に止まっていたチキンの嘴《くちばし》の下を、指先でそっと撫《な》でる。すると、気持ちいいのか目を細めていた。

「このチキンが、取り巻きを追い返してくれたの」

「まあ！　そうだったのですね」

チキンは一見して小さな鳥だが、その体には大きな力を秘めている。

私に手を出してきたアドルフの取り巻きは、翼で叩《はた》いてくれた。ちょっかいをかけようとしてきた奴《やつ》にいたっては、顔を嘴で攻撃するのである。返り討ちにあった取り巻きたちは教師に報告したが、私が先に被害を報告していたので、咎められることはなかった。

「それにしても、どうしてアドルフは、私との結婚を承諾したのかしら？」

「ご実家の事情では？」

結婚は本人の意思で決まるわけではない。だいたいが、貴族同士の家の繋《つな》がりを強めるために結ばれる。何か目的があって、結婚するのだ。

「ねえ、ルミ。かの高名なロンリンギア公爵家が、ヴァイグブルグ伯爵家と婚姻を結ぶことの利点は何かしら？」

「そ、それは――」

アドルフは国内で四大貴族と呼ばれるロンリンギア公爵家の嫡男で、次期当主でもある。一方で、私はヴァイグブルグ伯爵家の出身で、家格はそこまで高くない。歴史だけは無駄にあるが、祖父の賭博癖のせいで一時期は没落しかけた家だったというのに……。

「父上はこの結婚で、ヴァイグブルグ伯爵家の名誉を回復したいみたいだけれど」

ルミはなんとも言えない表情を浮かべていた。私は無理なのでは？と思っていたのだが、彼女も同じようなことを考えているのだろう。

「リオニーさん、結婚については私たちがいくら考えても仕方がないことですから、今は魔法学校でのお勉強に集中してはいかがでしょうか？」

「それもそうね」

ルミに話したので、気持ちは少しスッキリした。けれどもアドルフと結婚するという未来が変わるわけがない。

それからというもの、眠れない毎日を過ごしていたが――とうとう私は、リオニー・フォン・ヴァイグブルグとして、初めてアドルフと会う日を迎えたのだった。

◇◇◇

生まれて十九年、今日という日がもっとも最悪だと言えるだろう。なぜかと言えば、人生最大のライバルにして、犬猿の仲である男アドルフ・フォン・ロンリンギアとの婚約が決まり、面会する日を迎えてしまったから。

アドルフは、私が扮《ふん》する弟リオルを激しく毛嫌いしている。そんな相手の姉との結婚を、なぜ承諾したのか？

アドルフには大勢の婚約者候補がいて、隣国の王女からも熱い手紙を受け取った、なんて噂《うわさ》も流れていたくらいだ。

わからない。彼が考えていることが、まったくわからなかった。

頭を抱えているところに、アドルフがやってくる。いったいどんな顔で私の前に現れるというのか。

きっと私の顔を見るなり、「お前を愛するつもりはない」などと宣言するに違いない。

そう思っていたのに、アドルフは想定外の行動にでる。

アドルフ・フォン・ロンリンギア――大鴉《レイヴン》みたいな艶やかな黒い髪に、海のように青い瞳を持つ、認めたくないけれど美しい男。

そんな彼がフリージアの花束を抱え、私の前に現れたのだった。

「リオニー嬢、はじめまして」

あろうことかアドルフは淡く微笑み、花束を差し出してきた。

まるで貴公子のようである。

――え、誰？

魔法学校で彼が見せた、憎たらしい微笑みとはまったく異なる。

甘い顔をして近づき、何か計画を遂行するつもりなのだろうか。

彼の目的がわからず、混乱状態となる。

「卒業後、父から儀礼称号《カートシー・タイトル》を授かるようになっている。結婚はそのタイミングがいいだろう」

「――っ!?」

アドルフとの結婚という現実を突きつけられ、全身に鳥肌が立つ。

傲慢で、我《わ》が儘《まま》で、自分勝手――そんな男との結婚なんて我慢できない。

きっと、今は猫を被《かぶ》っているのだ。結婚したら本性を現し、いじめ倒されるに違いないだろう。

どうにかして、この結婚は破談にしないといけない。でないと、私の夢も叶《かな》わないだろうから。

と、その前に、なぜ私を婚約者に決めたのか尋ねてみる。

「あの、アドルフ様」

「アドルフでいい。敬語で話す必要もない」

一応、彼は格上の家に生まれた男性《ひと》なので、丁重な態度で接するつもりだった。アドルフが必要ないと言うのだから、お言葉に甘えさせてもらおう。

「えっと……アドルフ。あなたは女性たちから引く手あまたな男性かと思っているのだけれど、なぜ私を婚約者に選んだのか気になっているの。理由を教えていただけるかしら？」

「それは――」

質問を投げかけた瞬間、みるみるうちに顔が赤くなっていく。顔を逸《そ》らしたので、耳まで真っ赤なことに気付いてしまった。

反応を目にした瞬間、すべてを理解する。

アドルフにはきっと、好きな女性がいるのだ。間違いないだろう。

彼は週末になると赤い薔薇《ばら》を注文し、丁寧に認《したた》めた手紙と共に誰かに贈っている、という噂話を耳にしたことがある。

ずっと謎だったが、彼には長い間、想《おも》いを寄せる相手がいたのだ。

その女性は結婚できるような相手ではないので、愛人として迎えようと考えていたのかもしれない。

だから結婚相手には、愛人がいても文句が言えないような格下の家系の娘を娶《めと》ると決めたのだろう。つまり愛する人のために、私を徹底的に利用するつもりなのだ。

カッ、と怒りがわき上がってくる。まさか、そんなことを企《たくら》んでいたなんて。

すべて合点がいった。

彼の思い通りにはさせない。この結婚は、絶対に破談にしてやる。

そう強く心に誓ったのだった。

サロンで行われたアドルフとの面会から帰宅後、従姉のルミがやってきた。つい先日、思い詰めた様子を見せていた私を心配してやってきたらしい。

「リオルの姉である私をからかいにきたのかと思っていたけれど、そんなことはなかったわ」

嫌味のひとつでも言うに違いないと思っていた。けれども、アドルフはごくごく普通にやってきて、無難な挨拶を交わすばかりであった。面会時間は拍子抜けするほど、あっさり終わったのだ。

「それにしても、ロンリンギア公爵家のご子息は本当にリオニーさんと結婚なさるおつもりでしょうか？」

「彼は有言実行の人だと思うの。きっと、何があっても私と結婚するつもりよ。目的を達成するためには、結婚だってするのよ」

彼の目論見《もくろみ》を知ってしまった以上、大人しく結婚するつもりなんて、毛頭なかった。

「あの、リオニーさん、彼の目的、というのは？」

「最初は、アドルフが猫を被って、いい顔だけを見せて、結婚後、私のことをいじめ倒すつもりなのかと思っていたの」

けれども、彼の態度がバカみたいに丁寧だったのは他に意味があった。

「好きな人がいるみたいなの。私と結婚して、隠《かく》れ蓑《みの》にする気なのよ」

「まあ！」

政略結婚をした夫婦に、愛人の存在がいること自体は珍しくない。けれども結婚相手に黙って愛人を傍に置くというのは、誠意に欠けている。

貴族社会では愛人の管理も妻の仕事のひとつなので、把握しておくのは普通のことなのに。

「伴侶となる者に嘘《うそ》をつく男性との結婚なんて、まっぴらだわ」

「ですが、結婚は私たちではどうにもならない問題です」

「ええ、わかっている。私からこの話をなかったものにはできない。けれども、アドルフにはできるはずよ」

公爵の嫡男ともなれば、多少の発言権くらいは持っているだろう。格下の家に生まれた娘との婚約破棄くらい、簡単にできるはずだ。

「彼は公爵家に生まれた貴族として、礼儀や教養を重んじている男性《ひと》だわ。度が過ぎた我が儘を申したり、一緒にいて恥ずかしい振る舞いをしたりしていたら、婚約破棄をするはず」

拳を握り、ルミに作戦を訴える。

ルミは心配そうに、「上手《うま》くいくでしょうか」と零《こぼ》していた。

「今度、アドルフに舞台を観《み》に行かないかと誘われたの。そこで、直前になって行きたくないと言ってみるわ」

アドルフはきっと「なんだこいつは、失礼だな!!」と激昂《げきこう》し、その流れで婚約破棄をするに違いない。

「絶対に上手くいくはず！」

私は二年間、アドルフという男を見続けていたのだ。彼がどんなに短気で心が狭いのか、よく知っている。

ルミは眉尻を下げ、困ったように微笑んでいた。きっと上手くいかないと思っているのだろう。

魔法学校に入学して、あっという間に二年経《た》った。今は最終学年である三年目で、授業も少ない。そのため、長期休暇以外にも実家に帰る許可が貰《もら》えるのだ。

明日からは学校である。しっかり気を引き締めないといけない。

ルミを見送り、魔法学校に戻る準備を行う。

ドレスから魔法学校の制服に着替え、家を出ようとしていたら、父に呼び出された。

「父上、何か？」

「男装姿でいると、リオルと話しているみたいだな」

いい加減慣れてほしいのだけれど……。いつまで経っても、父は私の男装姿に慣れないようだ。

「それで父上、お話というのは？」

「あ、ああ、そうだった。お前が魔法学校の学期末試験で首席だったと聞いてな。よく頑張っている」

そうなのだ。ただひたすら勉強ばかりしていた結果、私は首席となった。

一学年のときの学期末試験ではアドルフが首席だったので、これまで以上に躍起になっていたのかもしれない。

「けれど、監督生にはなれなかったわ」

寮にひとり選ばれる監督生には、アドルフが任命された。私も実は監督生の役割を狙っていたので、ショックを受けたのだ。

監督生は成績がいいというだけで選ばれるわけではない。校長《ヘッド・マスター》や副校長《セカンド・マスター》、教師《アッシャー》の評価に加え、寮監督教師《ハウス・マスター》や個人指導師《チューター》の推薦も必要とする。学校と寮、両方のふるまいが判断材料となるのだ。

学校での私は模範生だと言われていたものの、寮に戻ると勉強漬け。部屋にやってきた下級生に勉強を教えたことはあったものの、アドルフはさらに目立った行動に出ていた。

彼は教師や指導師がよく出入りする自習室《コモン・ルーム》に足を運んで下級生に勉強を教えたり、調子に乗って遊ぶ生徒を注意したりしていたのだとか。

満場一致でアドルフが監督生にと選ばれるわけである。

こういう、上から目線で偉そうな指導はアドルフの右に出る者はいなかった。かなり悔しいけれど、認めるしかない。

「別に監督生にまでならなくてもいい。あまり目立つ行動はするな」

「わかっているわ」

話はこれで終わりだというので、一礼して部屋を出る。

私はチキンと共に魔法学校に戻ったのだった。


三学年になると、寮の部屋は一階になる。

一学年のときに使っていた三階は魔法学校の敷地《しきち》内を一望できる。二学年のときに使っていた二階は窓を開けると桑の実《マルベリー》の木があって、実が付く初夏は食べ放題だった。

一階は中庭に咲く四季の花々を堪能《たんのう》できる。それぞれの階でよさがあるのだ。

学期始めとなる秋は、薔薇の花が満開となっていた。春に比べたら開花している種類は少ないものの、濃い芳香を放つ薔薇の花々が咲き誇っている。

朝に焼いたクッキーが余ったので缶に詰め、小脇に抱えて持ってきた。足早に廊下を歩いていると、会いたくない相手と鉢合わせしてしまう。

大鴉みたいな漆黒の髪に、青い瞳の青年——アドルフだ。

監督生となった彼は、金のカフスが輝く灰色のウエストコートにジャケットを羽織り、赤い腕章を合わせた姿でいる。

それは監督生にのみ許された、特別な恰好《かっこう》であった。アドルフのその姿を見た瞬間、悔しい気持ちがぶり返してくる。

私も二年間特待生だった証《あかし》として、銀のボタンが与えられたものの、金のカフスに比べたら劣っているように思えて複雑だった。

無視して通り過ぎようと思っていたのに、アドルフは大またで近寄ってきたかと思うと、ぴたりと足を止めた。

「おい」

そう声をかけたあと、何を思ったのかぐっと接近してくる。ジャケットに顔を近づけ、くんくんと匂いをかぎ始めた。

「ちょっ、何をするんだ！」

拳を突き出し、肩を押して彼を遠ざける。

「お前、女の匂いがする」

指摘され、カーッと顔が熱くなっていくのを感じた。女の匂いがするのは、先ほどまでドレスを着ていたからだろう。化粧品や香油がまざった匂いがしたに違いない。別に外出はしていないので、風呂はいいかと思ってそのままやってきたわけである。

「女の匂いとかどうとか、どうでもいいだろうが」

「お前の姉さんの匂いか？」

「へ⁉」

リオルの姉というのは、つまり私のことである。

言い訳を考えるのが面倒なので、匂いが移ったということにしておいた。

「まあ、そうかもしれない」

「やはり、そうだったか」

「そうだったか、じゃなくて。勝手に他人の匂いをかぐな。気持ち悪い」

「女の匂いを男子寮でぷんぷんまき散らしているやつが悪いんだろうが」

アドルフと話していて、改めて確信する。こんな奴と結婚したら、絶対に不幸になると。お見合いのときに愛想よくしていたのは、せっかく見つけた都合のいい結婚相手を逃したくないからだろう。

その面の皮を、リオニーとして会ったときに早く引き剝がしたい。

「お前、姉さんとは仲がいいのか？」

「別に普通」

「何か喋ったりしているのか？」

「特別な会話はしないよ」

こんな質問を投げかけてくるのは、私と婚約したからか。これまで姉弟仲なんて気にしたことなんてなかったのに。

アドルフの反応が見たくて、顔を見上げる。ちょうど髪をかき上げた瞬間だったので、表情はよくわからなかった。

それにしても、アドルフの背はずいぶんと高くなった。

二年前、入学したときは身長が同じくらいだったが、今はアドルフのほうがはるかに伸びている。六フィート《百八十五センチ》くらいはあるだろう。私は二年前からまったく変わらないので、アドルフと会話するとき、自然と視線は上向きとなる。それがなんだか腹立たしい。

「それはそうと、その缶はなんだ？」

アドルフは尊大な態度で、手にしていたクッキー缶を指差す。ルミに食べさせるために焼いたクッキーだが、余ったので夜食にしようと持ってきたのだ。

「これは、姉さんが焼いたクッキーだよ」

「あれはクッキーが焼けるのか？」

アドルフのあれ呼ばわりにカチンときたが、これ以上会話を長引かせたくない。そのため、怒りはぐっと堪《こら》えた。

「従姉と食べるために焼いたらしい。これは余り」

そう答えると、アドルフは何を思ったのか手を差し伸べてくる。

「何？」

「俺は貰っていない。だから寄越せ」

「は？」

彼はいったい何を言っているのか。わけがわからなかった。

「リオニー・フォン・ヴァイグブルグの婚約者である俺にも、手作りクッキーを食べる権利があるはずだ」

「お前……どういう理屈だよ」

アドルフはクッキー好きなのだろうか。そうでないと、他人の作ったクッキーなんか欲しがらないだろう。

「クッキーを食べたかったら、購買部に行けよ。あそこには王宮御用達《ごようたし》の高級クッキーがあるだろうが」

「俺はリオニー嬢が焼いた、そのクッキーが食べたいんだ」

寮から購買部に移動するのを面倒に思っているのか。監督生の権力を使ったら、厨房《ちゅうぼう》の料理人にクッキーを焼いてもらえる。きっとこの暴君は、今、私が持っているクッキーを取り上げたいのだろう。

「余っていて、しぶしぶ持って帰ってきたんだろう？　それだったら、俺が食べてやるから」

ふ――、とため息をつき、アドルフの言葉を私が納得できるものへ言い換えてみた。

「素人が作ったありあわせのクッキーを、天下の監督生さまが引き取るってこと？」

「そうだ」

ちらりとアドルフを見上げると、目がギラギラしていた。あれは、肉食獣が獲物を捕らえるときに見せるものだろう。

どうしても、このクッキーが食べたいようだ。よほど、甘い物に飢えているのだろう。若干可哀想《かわいそう》になったが、無償でくれてやるわけにはいかない。

「だったら温室の薬草の水やり当番を代わって。やり方は管理人が教えてくれるから」

「わかった」

まさか了承するとは思わなかったので、驚いてしまう。

薬草の水やりは、私のささやかな活動の一環である。一年と二年のときはこういった活動をしていなかったのだが、進級前に薬草学の先生から薬草の世話を手伝ってくれと泣きつかれたのだ。ちなみに人数が少ないのでクラブではなく、同好会《ソサエティ》だ。ただ手伝うよりも、同好会の活動にしたほうが内申点が評価される。そう思って、急遽《きゅうきょ》作ってもらったのだ。

そんな事情がある、部員が私ひとりだけの、薬草同好会である。顧問の先生と交代で薬草に水やりをしているのだ。

「じゃあ、これ」

クッキー缶を差し出すと、アドルフは奪い取るように摑《つか》む。

やはり彼は暴君だ。これからはクッキー暴君とでも呼ぼうかと思ってしまった。

缶の中にあるクッキーを目の前で馬鹿にされたくないので、すぐに踵を返す。

「――やった！」

我が耳を疑う声が聞こえ、振り返った。すでにアドルフは背中を向け、歩き始めている。きっと聞き違いだろう。そう、自分に言い聞かせた。

これまでポケットの中で眠っていたであろうチキンが、這《は》い出《で》てくる。肩によじのぼり、去りゆくアドルフを見ながらぼやき始めた。

『ご主人のクッキーを奪うなんて、生意気ちゅりね！』

「他人から奪わないといけないほど、飢えていたんだよ」

『まったく、クッキーを自分で手に入れられないなんて、可哀想な奴ちゅり』

チキンの尊大な物言いに、笑ってしまう。アドルフもまさか、チキンから憐《あわ》れみの視線で見られているとは、知る由もないだろう。

チキンのおかげで、少しだけ気分が晴れた。


その日の晩、談話室に借りていた本を返しに行く。去年まで賑《にぎ》わっていた夜の談話室も、三学年ともなれば誰もいない。皆、寮におらず、就職するための活動をしに学校を離れているのだろう。

新しい本が入ってきていたので、手に取ってソファに腰かける。すると、通りかかったランハートが声をかけてきた。

「よう、リオル。久しぶり」

ランハートは魔法騎士隊の遠征に参加していたようで、一週間ぶりに寮に戻ってきたという。

「クッキーは?」

出会ってすぐにこれである。ランハートは私が実家から持ち帰る手作りクッキーを気に入っており、売ってくれとまで言うのだ。夜、自習室で勉強するときに分けてあげようと思っていたのだが、あいにく暴君に奪われてしまった。

「今日はない」

そう答えると、ランハートは明らかに落胆した表情を浮かべた。

「えー、そんな! 俺、楽しみにしていたのに」

「明日、購買部のクッキーを買ってあげるから」

「リオルの実家のクッキーが食べたいんだよ」

今度遊びに行ってもいいかと聞かれるが断った。リオルと会ったら大変だ。彼は来客時、姿を隠すという繊細な行動ができないのだ。

「お前、絶対に実家に誰も呼ばないよなー」

「行くほどの場所じゃないし」

「またまたー、ご謙遜を」

ちなみにランハートには、私の手作りクッキーとは言っていない。目の前で絶賛されたので、言いにくくなっているのだ。

「実家と言えば、リオルのお姉さん、アドルフと婚約したんだって」

「ああ、まあね」

なんでも、ランハートはアドルフから直接、婚約について話を聞いたらしい。

「よく、そんなことを直接アドルフから聞けるよね。勇気があるというか、なんというか」

ランハートはキョトンとした表情で、首を傾《かし》げている。アドルフの真なる恐ろしさに、まだ気付いていないのだろう。

「それよりも、びっくりしたな。アドルフは結婚相手をえり好みしているって話だったから、隣国の王女さまとでも結婚するのかと思っていた」

「俺もだよ。あいつ、意外と純情だったんだなー」

「は？　どうしてそうなる？」

「なんでもアドルフの奴、三年前に参加した夜会で、リオルのお姉さんを見初めたらしいぜ」

「いや、ありえない!!」

三年前といえば、私が社交界デビューした年である。たしかに夜会に参加していたが、私を見初めた男なんてひとりもいなかった。

きっと見初めたのは私ではなくて、アドルフの本命なのだろう。

ランハートからどうして婚約したのかと聞かれて困った結果、私ではなく本当に愛している相手との思い出を語ったに違いない。

「頭が痛くなってきた」

「そりゃ、アドルフが親戚になるんだから、そうなるよなあ」

親戚どころではなく、夫である。一刻も早く、婚約破棄して心の安寧を取り戻したい。そのためには、二回目の面会で失望される必要があるだろう。

「リオル、早めに部屋で休んだほうがいいぞ」

「そうだね」

新刊を読む余裕はなさそうなので、本棚に押し込んだ。

ランハートに支えられながら、トボトボと部屋に戻ったのだった。

◇◇◇

ついに、アドルフと舞台を観に行く日を迎えてしまった。

朝から憂鬱《ゆううつ》でしかなかったが、やるしかない。今日を乗り切ったら、アドルフとの縁が切れるかもしれないのだ。私の頑張りにかかっている。

今回、外出用のドレスも、新しく仕立てた。うんざりするくらい派手な、ファイアレッドのドレスである。こんな明るい色合いのドレスなんて、今時誰も着ていないだろう。周囲の人たちから、品のない女性だと見られるに違いない。

髪はこれでもかとばかりに気合いを入れて巻き、薔薇の髪飾りを差し込む。ルビーの耳飾りを装着し、それと同じ色合いの真っ赤な口紅を塗った。

これ以上ない完璧な出《い》で立《た》ちで、アドルフとの戦いに挑む。

姿見で確認すると、目を逸らしたくなるくらいの酷い恰好であった。

「これで勝つ！　これで勝つ！」

自らに言い聞かせるように、勝利の言葉を口にしておいた。

身なりが整ったので、そろそろ出発だ。いつものように肩に乗るチキンを、そっとテーブルの上に下ろす。

『ご主人、何かあったら、チキンが守るちゅりよ！』

「いや、あなたはお留守番だから」

『どうしてちゅりか⁉』

「どうしてって、リオニーとして出かけるのに、リオルとして契約したあなたがいたら、不審がられるでしょうが」

『ちゅりいいい！』

ここ二年で気付いたのだが、黒雀というのは極めて珍しい生きもので、チキン以外で見かけたことがない。そのため、私がチキンを連れていたら、「どうして弟の使い魔を連れているんだ？」と思われてしまうだろう。

一回目の面会のときは、チキンがお昼寝をしている隙に出かけたのだ。帰宅後、詰め寄られたものの、気持ちよさそうに眠っていたので、起こすのは忍びなかったと言って誤魔化したのだが……。

「何かあったら、すぐに召喚するから」

使い魔は基本的に顕現《けんげん》した状態でいるのだが、いつでもどこでも召喚できる。そのため、連れ歩く必要などないのだ。

ちなみに風の噂で聞いたのだが、アドルフの使い魔であるフェンリルは体が大きいため、寮に待機させているわけではないという。ロンリンギア公爵邸の片隅に、巨大な犬小屋があるらしい。想像したら、ちょっと可愛《かわい》いかも、と思ってしまった。

なんて、しばし現実逃避をしていたら、チキンが眼前へ迫ってきた。

『酷いちゅりよー！』

「いい子だから、今日は家にいてちょうだい」

チキンの嘴の下をかしかし撫でつつ、優しく言い聞かせる。すると、先ほどまでの勢いもなくなり、大人しくなった。

『わ、わかったちゅりよお』

チキンはふてくされた様子で、私が脱いだシャツの上に寝転がる。これから洗濯するものなのだが……。私が帰るまでそのままにしておくよう、メイドに言っておかなければならない。

あれこれしている間に、出発時間となる。

何かあったときは召喚魔法で呼び出すからと言葉を残し、私室を出る。家族に見つからないようにこそこそ出て行こうとしていたら、リオルと会ってしまった。

普段は地下の研究室に引きこもって、姿なんか見せないのに。

私を見た途端、感想を口にする。

「姉上、何？　その品のない恰好は」

「リオル、それは気のせいよ」

さほど興味がないのか、追及しようとしない。ただ、ジト目で見つめてくる。

「では、行ってくるわ」

「気を付けて」

「ええ」

一週間前にアドルフから届いた手紙には、屋敷《やしき》まで迎えに行くとあった。けれども、長時間彼と一緒に過ごすなんて、気まずくなってしまう。そのため、丁重にお断りをしたのだった。

急ぎ足で玄関を飛び出し、なんとか馬車に乗りこんだ。深呼吸をしたのちに、御者に合図を出す。

我が家の街屋敷《タウンハウス》から舞台が上演される劇場まで、馬車で十分といったところか。脳内で今日の作戦を考えているうちに到着してしまった。

馬車を乗り降りする円形地帯《ロータリー》で降りると、周囲の人々の非難するような視線が集まっているのに気付いた。私の恰好は、昼間に出歩くようなものではないのだろう。

きっとアドルフも驚くはず――なんて考えているところ、声をかけられた。

「リオニー嬢、こっちだ」

アドルフの声である。名前で呼ばれ、ギョッとしてしまった。

婚約者なのだから、なんら不思議なことではないのだが。これまでアドルフからは呼び捨てにされていたので、しっくりこないのかもしれない。

振り返った先にいたのは、いつもと異なる恰好をしたアドルフだった。

前髪はオールバックにし、灰色のフロックコートをまとっている。手にはステッキを握り、その姿は紳士然としていた。普段よりもずっと大人っぽい恰好をしているので、なんだか落ち着かない気持ちになる。

ドキドキ——ではない。彼が彼でないように見えるので、違和感を覚えているのだろう。

アドルフは私を見た瞬間、サッと顔を逸らした。リオル曰《いわ》く品のない恰好が、お気に召さなかったに違いない。作戦通りである。

ここで文句のひとつやふたつ言うだろう。そう思っていたのに、アドルフはまさかの行動に出る。

私に向けてそっと手を差し伸べた。

「リオニー嬢、手を——」

この辺りは人が多く、はぐれないために傍にいたほうがいい、なんて言葉を付け加えた。それならば、拒否なんてできないだろう。

一刻も早く婚約破棄してほしかったが、馬車から下りた人々が川の流れのように押し寄せてくるのだ。

ひとまず、立ち止まれる場所まで移動する必要がある。

アドルフは握った私の手を腕に誘導し、腕組みした状態で歩いていった。

後方から人がぶつかりそうになったら、そっと引き寄せてくれる。なんともスマートなエスコートだった。

こんなアドルフなんて知らない。普段の彼は自分が優れていると信じ込み、他人を見下すような男だと思っていたのに……。

劇場の前に行き着くと、彼は懐を探ってチケットを探しているようだった。

言うならば今である。何度も練習したとっておきの言葉を放った。

「あの、アドルフ。私、舞台には、これっぽっちも興味がないの」

声が震えるかと思ったが、なんとか言い切った。これにはさすがのアドルフも、驚いた表情を浮かべている。

もしも舞台に興味がないのであれば、誘われた時点で言うのが礼儀だろう。劇場の前で言うなんて、失礼甚だしい。

さあ、自慢の短気を見せるときだ。ここできっぱり婚約破棄をしてほしい。頑張れ、頑張れと心の中でアドルフを鼓舞する。

ドキドキしつつ反応を待ったが、ここでもアドルフは想定外の言葉を口にした。

「わかった。舞台はやめよう」

え？　と驚きの声が出そうになったものの、なんとかごくんと呑《の》み込む。

アドルフは手にしていたチケットを、舞台を観るか迷っていたカップルにあげてしまった。恐縮するカップルに、気にするなとスマートな態度で応じている。

恐る恐るアドルフを見上げると、怒っている様子はまったくない。穏やかな様子で私を見つめるばかりだった。

なぜ、どうして彼はここまで優しいのか。理解ができず、内心頭を抱える。

アドルフはまさかの器量を、私に見せつけてくれた。

あとは、このまま帰るだけになる。そう思っていたのに、アドルフは優しい声で問いかけてきた。

「リオニー嬢、今日はどこに行きたい？」

驚いた。この暴君は行き先を私に委ねてくれるらしい。別の提案もできただろうが、また断られるかもしれないと踏んで、決定権を寄越したのだろう。

ちらりとアドルフの様子を探る。本当に怒っている様子ではないのだ。

私のした行為は、少し強い風が頬を撫でた程度にしか思っていないのだろうか。これまで彼の短気を何度も目にしてきた当事者としては、驚きの一言である。

それはそうと、計画が崩れてしまった。

今日、いきなり婚約破棄とならなくても、アドルフはここで怒って帰ると思っていたのだ。

どこに行きたいかと聞かれても、アドルフと一緒に行きたいところなんてない。

困った。本当に困った。

「行きたいところ、ね……。特に何も――」

と、言いかけたところでふと思い出す。彼が、クッキー暴君だったことを。

クッキーの販売店にでも連れて行こうか？　下町にある、彼が行きそうにない場所にあるお店へ。

提案する前に、クッキーについて質問してみた。

「そういえば、リオルから聞いたのだけれど、アドルフはクッキーがお好きなのね」

クッキーの話題になった途端、アドルフは目を泳がせ、みるみるうちに頬を赤く染めていく。こういう反応を見るのは初めてである。

尊大な態度で奪っていったのを、いまさら恥ずかしく思ったのだろうか。

「先日、リオル君から、リオニー嬢が焼いたクッキーを分けてもらった」

〝リオル君〟!?　学校にいるときは、偉そうに呼び捨てにするのに。

普段聞き慣れない呼び方だったため、全身に鳥肌が立ってしまった。

「まさか、アドルフに渡っていたなんて」

我ながら、白々しい演技だと思ってしまう。鳥肌が立つのを我慢しつつ続けた。

「恥ずかしいわ。素人が趣味で焼いたクッキーだったのに」

「いや！ とてもおいしかった！ あのクッキーは、購買部のクッキーにも勝っている！」

なぜかアドルフは拳を握り、私が焼いたクッキーのおいしさについて力説を始めた。

びっくりしたものの、あのクッキーはランハートもおいしいと言っていた。もしかしたら私は、クッキー作りの才能があるのかもしれない。

ただ、王宮御用達の高級クッキーよりおいしいというのは言い過ぎだろう。

「本当に、おいしかった。俺は、嘘は言わない！」

あまりの勢いのよさに、少々仰《の》け反《ぞ》ってしまう。しどろもどろと言葉を返した。

「そ、そう。だったら、今日、舞台を断ってしまったお詫《わ》びに、クッキーを焼いて贈るわ」

勢いに任せて言ってしまったのだが、アドルフはカッと目を見開く。それだけでなく、私の両手を摑んで、ぐっと顔を近づける。

普段、絶対に接近しない美貌が、眼前に迫った。

「いつ、贈ってくれる？」

「えっと、そうね……。たしかな約束はできないのだけれど、その、近いうちに」

「――っ！　楽しみにしている」

アドルフは無邪気な笑みを浮かべ、喜んでいるではないか。魔法学校では絶対に見せない表情である。

なんというか、驚いた。彼がここまでクッキーが好きだったなんて。

クッキー暴君というあだ名は、あながち間違いではないのかもしれない。

この辺りで、行き先について提案してみることにした。

「そんなにクッキーが好きだったら、いいお店を知っているわ。案内するから」

そこは彼が普段、口にしているような高級なクッキーを販売する店ではない。佇《たたず》まいや店内は古く、今にも潰れてしまいそうなので驚くだろう。

そんな店を利用する婚約者など、呆れて物も言えないに違いない。遠慮なくアドルフの腕を掴み、ぐいぐいと引いていく。

アドルフは「いや、別にクッキーが好きなわけでは……」などと言っていたのだが、きれいさっぱり無視をした。

「リオニー嬢、待ってくれ。馬車を手配する」

「馬車ではなく、歩きましょう。すぐ近くだから」

店が近くにあるように匂わせたが、クッキーのお店があるのは下町のほうだ。けっこう歩かないといけない。これも、婚約破棄へ誘《いざな》うための作戦であった。

「アドルフ、そちらの道を右に曲がって」

「そっちは路地裏だぞ」

「知っているわ。近道なの」

幼少期に、私とリオルは貴族の集まりを抜けだし、街を大冒険したことがあった。

偶然、最終的に行き着いたのが、下町のクッキー店だったのだ。

リオルがそこのクッキーをとても気に入り、また食べたいと訴えたけれども、大冒険をした私たちは父からしこたま怒られ、二度と歩き回らないように、と言われてしまったのだ。

それでも、「どうしてもクッキーが食べたい」と言う弟のために、私はクッキー作りを始めたのだ。最初の頃は、火加減を間違えて焦がしてしまったり、生焼けだったり。仕上がりは酷いものだった。

普通に食べられるようになるレベルから、リオルが「おいしい」と言うまで五年はかかったような気がする。私もよく飽きずに、クッキーを作り続けたものだと、我ながら呆れてしまった。

高い建物が並ぶ路地裏は、太陽の光があまり差し込まず、少し薄暗い。古びたアンティークを売る露店や占いをする魔女など、怪しい商売をする人たちであふれかえっている。この辺りでは、私の恰好を咎めるような視線を送る人はいない。こういった姿の女性がよく行き来するような通りだからだろう。

「よく、こういう道を知っていたな」

「アドルフは大人の目を盗んで、王都を冒険したことはないの？」

「ない。外出するときは、いつも護衛がいたから」

そうなのだ。四大貴族の嫡男ともなれば、行く先々に屈強な護衛がついて回る。お見合いの日も護衛を連れていたが、そういえば今日はいなかった。

「今日は、護衛のお方はどうしたの？」

「いらないと言ってきた。もう、十八歳で成人だから」

「なるほど。そういうわけだったのね」

私はアドルフよりもひとつ年上の十九歳である。年上の女性を妻として選ぶのは、極めて稀《まれ》だ。ただ、アドルフの場合は愛人との平穏な暮らしのために私を選んだのだ。

年齢なんて気にしていないのだろう。

彼との結婚について考えていたら、再び怒りがふつふつと沸き上がる。

下町のクッキー店に連れて行くだけではなく、他の作戦も実行してやろう。

私は露店の前で立ち止まり、並んでいるガラス玉の首飾りを指差す。

「ねえアドルフ、見て。きれいなアクセサリーが売られているわ」

値段を見て驚く。ただのガラス玉に、本物の宝石ほどの値段がつけられていたのだ。ぼったくりもいいところである。

ひとつ手に取ったのは、くすんだ青いガラス玉がついた首飾り。それをアドルフのほうに向け、瞳に向かって透かしてみた。

「これ、あなたの瞳の色にそっくり」

明らかに透明度が低いガラス玉に似ていると言われても、まったく嬉しくないだろう。それ以上に、ガラス玉を宝石と信じている女を、軽蔑するかもしれない。それを狙って言っているのだ。

アドルフはどういう反応を見せるのか。顔を見上げたら、少しだけ泣きそうな表情を浮かべていた。

「そうだな。そっくりだ」

アドルフは「これをくれ」と言い、銀貨を露店の店主へと差し出す。

店主は本物の銀貨を前に、心底驚いているようだった。

「あ、あの、ちょっと――！」

「ほら。欲しかったんだろう？」

アドルフは購入したガラス玉の首飾りを、私の手に握らせる。

なぜ、ここまでしてくれるのか。しばし彼を見つめたが、伏せた瞳から真意は摑めなかった。

アドルフが泣きそうな表情を見せていたのは一瞬だけで、露店を通り過ぎるといつも通りの彼だった。もしかしたら目にゴミが入ったか、見間違いだったのかもしれない。気にしたほうが負けだと思い、考えないことにする。

先ほど買ってもらった首飾りをつけ、どうかと聞いてみた。

「リオニー嬢は本当にそれが気に入ったのか？」

「ええ、もちろん」

どこからどうみてもガラス玉だが、貴族女性としての役割をまっとうできず、魔法学校に通っている私にはお似合いに違いない。そうでなくても、どこか寂しげな色合いの青いガラス玉は他にない色合いで、気に入っている自分がいた。

「俺と一緒にいるときはいいが、それ以外の場所につけていかないほうがいい」

ガラス玉の首飾りなんかつけていったら、社交場で恥をかくからだろう。

その理由をそのまま言うのか。気になったので問いかけてみる。

「あら、どうして？　すてきな首飾りだから、たくさんの方に見てもらいたいのに」

「それは――」

アドルフは眉間にぎゅっと皺を寄せ、苦悶の表情を浮かべる。

普段の彼であれば、真っ先に私の間違いを指摘していただろう。それなのに、何も言わないなんて。今、目の前にいるアドルフは、私が知る彼とかけ離れていた。

おそらくだが、婚約者である私の間違いを指摘し、恥をかかせるということをしたくなかったのか。意外や意外、紳士の鑑《かがみ》である。

彼が女性に対し、ここまで優しい男性《ひと》だとは知らなかった。魔法学校で出会っていなければ、「すてきなお方！」と思ったに違いない。

今は暴君の本性を知っているので、猫かぶりめ、としか感じなかったが。

さて、アドルフはどう答えるか。

ちらりと顔を見ると、顔を真っ赤にしながら私を見つめていた。

「その首飾りをつけたリオニー嬢はあまりにもきれいだから、他の人には見せたくない！」

「あら」

そうきたか！　と思ってしまう。彼は普段、こういう甘い言葉を吐くひとではないのだろう。相手に恥をかかせるよりも、自分が恥をかくことを選んだのだ。

少し前まで、アドルフにこれがガラス玉だとわかっていて、あなたの瞳に似ていると言ったのだ、と打ち明けようとしていた。それを聞いた彼が、私を嫌うだろうと思ったから。けれども今、アドルフ最大の気遣いを前に、言えるわけがなかった。

最後まで道化を演じようと心の中で誓ったわけである。

「だったら、アドルフの前でだけ、こっそりつけるわ」

なんて適当に誤魔化したにもかかわらず、アドルフは安堵したような笑みを浮かべた。らしくない表情に、ドキッとしてしまう。

「そうしてくれると非常に助かる」

「え、ええ」

私自身《リオニー》としてアドルフといると、どうにも調子が狂ってしまう。いつものように、尊大な態度でいてほしいのに。

こんなに優しいと、婚約破棄をさせようと悪事を企む私が罪深い存在のように思えてならなくなった。

ぶんぶんと首を横に振り、気持ちを入れ替える。

優しいのはきっと今だけ。結婚したら、いつものアドルフに戻るだろう。騙《だま》されてはいけない。婚約破棄を促せるよう、計画通り進めなければ。

路地を抜けた先は下町だ。人通りが多い。今の時間帯は買い物客で溢《あふ》れているのだ。

薄暗い通りから、太陽がさんさんと差し込む大きな通りにでてきた。

首飾りが太陽の光を受け、キラキラ輝いているのに気付く。

ガラスとはいえ、一見して高価に見える品を身に着けていたら、盗まれてしまうかもしれない。そう思って首飾りを外す。

なんとなく、首飾りを太陽に透かして見てみる。ガラスなのに、とても美しい。

「きれい」

思わず口にしてしまう。それがアドルフにも聞こえてしまったようだ。

彼はまっすぐに私を見つめていた。気まずくなって、早口で話しかけてしまう。

「アドルフもそう思わない？」

「ああ、きれいだ」

アドルフは首飾りではなく、こちらを見ながら言った。

まるで彼が私をきれいだと言ったように聞こえて、気恥ずかしくなってしまった。

「リオニー嬢、顔が赤い」

「へ⁉」

令嬢とは思えない、素の声が出てしまう。まさか、目に見えてわかるほど赤くなっていたなんて。

「今日は日差しが強いから、肌が焼けてしまったのだろう。気付かなくてすまない」

「そう、かもしれないわ」

外歩きをする予定はまったくなかったので、日傘や帽子など持ってきていなかったのだ。

「どこかに日避《ひよ》けを売る店があればいいのだが」

下町にそんな小洒落《こじゃれ》た店があるわけがない。キョロキョロと周囲を見渡しているところに、ひとりの幼い少女が近づいてきた。年頃は七歳くらいだろうか。

手には花が入ったカゴがあって、一輪の花を差し出してくる。

「お花、買いませんか？　銅貨一枚です」

それはどこにでも咲いている野の花。紫色のリンドウ《メドウ》の花である。

アドルフはすぐに銅貨三枚を少女に手渡す。

「あ、三本、ですか？」

「いいや、一本でいい」

「あ、ありがとうございます」

少女は可愛らしくぺこりと会釈し、去っていった。その花をどうするのか。見守っていたらアドルフは、リンドウをポケットに挿し、懐から粉インクが入った缶を取り出す。蓋を開くと、銀色の輝く粉が見えた。あれは魔法陣を描くときに使う道具だ。

何をするのかと思えば、指先で粉インクを掬い、手のひらに魔法陣を描いた。

横目でちらりと呪文を覗き見る。授業で見覚えがあった質量変化の魔法だった。そして魔法陣を描いた手のひらでリンドウを握ると、茎や花が巨大化した。瞬く間に、先ほどの少女の身の丈ほどにまで大きくなったのだ。

アドルフは巨大化させたリンドウを私に手渡す。

「間に合わせだが、これを日傘代わりに使ってくれないか？」

「あ、ありがとう」

なんとも可愛らしい日傘だ。見た目が優れているだけでなく、きちんと日差しを避けてくれる。

「こういうのを作るのって、大変なんじゃないの？」

「いや、なんてことはない」

高位魔法をいとも簡単に、短時間で使ってみせるとは。魔力もかなり消費しただろうに、当の本人はケロッとしていた。

私がこの魔法を発動させるとしたら、魔法陣の作成に五分はかかる上に、魔力を急激に消費して気持ち悪くなっていただろう。

筆記は私が強いが、実技はアドルフが強い。試験は筆記科目が多いので、私が有利になってしまうのだ。

こういう優秀な面をさらりと見せられると、悔しくなってしまう。花を日傘に見立てるというアイデアも、素晴らしいとしか言いようがない。

リンドウの日傘を持って歩いていたら、道行く女性たちに「それ、どこで買ったの？」と聞かれてしまう。そのたびに「彼からの贈り物よ」と答えていた。

「すまない。その日傘のせいで、余計な手間をかけてしまった」

「いいえ。道行く方々に、可愛いと言ってもらえるのは、悪い気はしないわ」

「そうか。だったらよかった」

アドルフの微笑みを目にした瞬間、ハッとなる。こういうとき、生意気な態度を取るべきだったのに。ついつい、素直に接してしまった。

アドルフがいつもと違うので、私までも調子が狂っているのだろう。

考えごとをしている間に、目的地のクッキー店に到着した。

「リオニー嬢、ここがそうなのか？」

「ええ」

築二百年以上の、年季が入りまくりな店舗である。店内は薄暗く、外から見ても営業しているか否かわかりにくい。今日は看板が出ているので、営業しているのだろう。

「ここは修道女が作るお菓子を販売しているお店なのよ」

建物が傾いているからか、扉は開けにくい。コツがあって、扉を押しながら足で蹴るとすぐに開く。今日は令嬢としてやってきたので、蹴りは入れられない。

扉を開けるのに苦戦していたら、アドルフが代わってくれた。彼が取っ手を捻《ひね》ると、すぐに開いた。ただ、力が強すぎたからか、お店全体が揺れた。

天井からは粉塵《ふんじん》がパラパラと降ってくる。

「店が崩壊するかと思った」

「大丈夫、たぶん」

棚には所狭しと、クッキーが入ったガラス瓶《ジャー》がずらりと並べられている。店主はいないが、カウンターにあるベルを鳴らしたらくるだろう。

「こういう店は初めてだ。あの大きな瓶ごと買うのか？」

「いいえ、ここのお店は量り売りよ。このカゴの中に、欲しいクッキーを入れて購入するの」

「なるほど」

一枚から販売していて、近所の子どもが半銅貨を握りしめて買いにやってくるらしい。私やリオルみたいな裕福な家の子は初めてだと、あのときの修道女は話していた。

当時はまったく裕福ではなかったのだが、まあ、下町の人たちに比べたら豊かな暮らしをしていたのだろう。

店内に並ぶクッキーは二十種類くらいか。貴族のお茶会で出されるサブレやラングドシャ、ディアマンクッキーといったおなじみの物はない。素朴なバタークッキーやビスケットが主力商品なのである。

「アドルフ、この近くに高台があって、王都の景色を一望できるのだけれど、ここのクッキーを食べながら見ない？」

「わかった」

私はごつごつとした岩のような見た目のオーツクッキーを選び、アドルフは栄養豊富なオートブランのクッキーを選ぶ。

リオルへのお土産として、アーモンドのクッキーを買った。

購入したクッキーは、追加料金を払うと包んでもらえる。お土産のクッキーは油紙に包んだあと紐で縛ってもらい、それ以外のクッキーはすぐに食べるのでまあいいかと思い、剝《む》き出《だ》しのままだった。アドルフの分と一緒に絹のハンカチに包んでポーチに入れておく。

クッキー店をあとにすると、ちょうどミルク売りが通りかかった。ミルク売りというのは荷車に瓶入りのミルクや、ミルクを使った飲み物を積んで売り歩く商人である。

アドルフは不可解な生きものを見る目で、ミルク売りを眺めていた。中心街ではこのようにミルクを売っていないので、驚いているのだろう。クッキーだけ食べたら喉が詰まるので、何か飲み物がほしいと思っていたところである。

「ねえ、ミルクをいただけるかしら？」

「おうよ」

新作だと言って紹介されたのは、ミルクティーである。

「なんでもお貴族さまが好んで飲んでいるらしい。これがよく売れるんだ」

「でしたら、ミルクティーをふたつ」

「銅貨三枚だ」

財布を取り出そうとした瞬間には、アドルフがミルク売りの店主に支払いを済ませていた。

「私が支払おうと思っていたんだけれど……その、ありがとう」

「気にするな。先ほどの首飾りに比べたら、安い物だ」

そうだった。ついさっき、彼に銀貨一枚支払わせたばかりである。思わず笑ってしまった。アドルフにとっては笑い事ではないだろうが。

瓶入りのミルクティーをアドルフは店主から受け取る。クッキー店同様紙袋はなく、剝き出しのまま差し出されたので戸惑っているようだった。

下町に無償の袋文化などないのだ。諦めてほしい。

「では、高台に行きましょう」

道草を食いつついろいろ歩き回っていたからか、太陽は傾きつつあった。急がないと、あっという間に日が暮れてしまうだろう。

途中でリンドウの日傘を「可愛い！」と褒めてくれた少女に手渡し、高台を目指していく。下町から旧街道のほうへ向かい、途中にある石の階段を上がっていく。

スカートを摘まみ、頂上を目指した。

「王都にこういう場所があるなんて、知らなかった」

「魔法騎士隊の警備塔ができる前は、ここから街の様子を見ていたらしいの」

「なるほど。そういう用途だったか」

子どもの頃は駆け上がれた階段も、今は息が乱れてしまう。

アドルフは普段から体を鍛えているからか、平然としていた。私も魔法学校の階段で鍛えていたのに、最近はそこまで上り下りしていないからか、見事にバテている。

悔しくなってしまった。

「リオニー嬢、手を」

「え？」

「急がないと、太陽が沈んでしまう」

「そう、ね」

差し出された手に、指先を重ねる。力強く握り返され、階段を上がりやすいように手を引いてくれた。

アドルフの手は温かく、私の手を壊れ物に触れるように優しく握ってくれたことは意外だった。

二年もの間、私に見せなかった姿に気付くたびに、調子が狂ってしまう。普段みたいに、暴君であってほしかったのに……。

やっとのことで、頂上に辿《たど》り着《つ》く。

太陽が沈む絶妙な時間で、王都の街並みはあかね色に染まっていた。

「美しいな」

「ええ」

私とアドルフは、太陽が沈みきるまで会話もなく、景色を眺めていた。

太陽が地平線に沈み、薄暗くなってからハッと気付く。

「あ、クッキーとミルクティーを食べましょう。あそこにある椅子がいいわ」

今は使われていない、石造りの椅子があるのだ。アドルフは先に椅子のあるほうへ向かい、胸ポケットに入れていたハンカチを広げ、私にどうぞと手で示してくれた。

「ありがとう」

こういう部分も紳士的で、抜け目はないようだ。さすが、ロンリンギア公爵家のご子息である。

ハンカチに包んでいたクッキーを取り出すと、アドルフが思いがけないことを口にした。

「すまない、ハンカチを使わせてしまって」

「おあいこでしょう？」

今、私はアドルフのハンカチの上に座っている。気にするな、と言っておいた。

「はい、どうぞ」

「ああ、ありがとう」

アドルフはオートブランのクッキー、私はオーツクッキーを手に取る。

「リオニー嬢のクッキーは珍しいな」

「岩みたいでしょう？」

「ああ」

半分に割って差し出すと、アドルフは目をまんまるにさせて私を見る。

「どうぞ。お召し上がりになって」

とてもおいしいからと言うと、小さな声で「感謝する」と言った。

ただ、アドルフの手はオートブランのクッキーとミルクティーで塞がっていた。

ここで嫌がらせを思いつく。クッキーをさらに少し割り、彼の口元へ差し出した。

自尊心《プライド》がどこまでも高いアドルフのことだ、耐えきれずに怒り出すだろう。そう思っていたが――。

「アドルフ、あーん」

「は⁉」

「あーん。食べさせてあげるから、口を開けて」

何をバカなことをするのか、と怒られるかと思いきや、アドルフは言葉に従い、口を開く。そこにオーツクッキーを詰め込んだ。アドルフは照れたのか、頬を染めつつクッキーをもぐもぐ食べていた。

拒否されるものだと思い込んでいたので、やっている私まで恥ずかしくなる。

こうなったら自棄《やけ》だ。彼がいやがるまでやり続けるしかない。腹を括《くく》り、クッキーを摘まみつつ提案する。

「もうひと欠片《かけら》いかが？」

それを耳にしたアドルフは、どうしてかゲホゲホと咽《む》せ始めた。クッキーが気管に入ってしまったのかもしれない。

「アドルフ、ミルクティーを飲んで」

アドルフはミルクティーをごくんと呑み込む。

彼は驚いた表情のまま、感想を述べた。

「おいしい……！」

嫌がらせはまったく効いていない。それどころか彼は怒らず、クッキーの感想を真面目に述べていた。

しかしまあ、クッキーとミルクティーの相性は最強なので、極上の味わいだっただろう。私もクッキーを一口食べ、ミルクティーを飲む。安定のおいしさだ。

アドルフは何を思ったのか、オートブランのクッキーを半分に割っていた。片方を私に差し出す。

「これも食べてみろ」

まさか、アドルフとクッキーを半分こにする日がくるとは、まったく思わなかった。口元へと差し出してきたが、さすがに食べさせてもらうのは恥ずかしい。手で受け取って食べた。分けてもらったクッキーは、とてもおいしかった。

ミルクティーを飲み干した瞬間に、アドルフが親指に嵌《は》めていた銀の指輪が光る。

アドルフは驚愕《きょうがく》の表情を浮かべ、指輪を押さえた。

「なっ――封じていたはずなのに」

いったいどうしたのか。問いかけようとしたら、遠くから声が聞こえた。

「アドルフお坊ちゃま――!!」

「あそこにいました！」

その声を聞いたアドルフは、チッと舌打ちした。いつもの暴君の姿が垣間見《かいまみ》える。

声がしたほうを振り返ると、御者と護衛騎士がこちらへ駆けてきた。

「ああ、よかった。舞台が終わっても呼び出しがないので、心配しました」

「ご無事で何よりです」

なんでも指輪には追跡魔法がかけられていたのだという。アドルフは途端に、不機嫌な様子となった。

アドルフは御者と騎士の訴えをきれいさっぱり無視していた。だんだんと彼らが不《ふ》憫《びん》に思えてくる。

本日はもうここまでだろう。

「アドルフ、そろそろ帰りましょう」

「ああ、そうだな」

これまでの楽しげな雰囲気は消《き》え失《う》せ、なんとも気まずい空気が流れる。

アドルフとのお出かけは、ロンリンギア公爵家の者たちの介入とともに終了となったのだった。

ロンリンギア公爵家の御者は、我が家の馬車も呼んでくれていたようだ。

アドルフと別れ、馬車に乗り込む。御者と護衛の慌てようから、アドルフがいなくなったと大騒ぎになっていたのかもしれない。

アドルフは現在地がバレないように、指輪の機能を封印していたらしい。それを公爵家の魔法師に解除され、発見されてしまったのだという。

別れ際のアドルフは、それはもうご立腹な様子だった。けれども、私に声をかけるときは落ち着いていて、「この埋め合わせはいつか必ずするから」とまで言っていた。

別に、そろそろ帰る時間だったので、問題はないのに……。

帰宅すると、父が待ち構えていた。

私の恰好を目にした瞬間、父は瞠目《どうもく》し、驚いた様子を見せる。

「お前、なんだ、その恰好は！」

婚約破棄を狙った服装だ、なんて言えるわけがない。適当に誤魔化しておく。

「今の流行よ。父上は最先端のドレスをご存じないのね！」

「それはまあ、そうだが」

適当に言った言い訳だったが、通用してしまった。

父はごほん、ごほんと咳払《せきばら》いし、話を逸らしてくれる。

「それよりも、今日はロンリンギア公爵家のアドルフ君と出かけたようだな」

「ええ、まあ」

父は私がアドルフの婚約者に選ばれたことに関して、もっとも喜んでいるようだった。これから婚約破棄の流れになるので、落胆させてしまうだろう。

「アドルフ君の機嫌をそこねないように、上手く付き合うように」

「ええ、なるべく努めるわ」

父との会話は適当に流しておく。リオルへのお土産のクッキーは執事に託し、疲れたからと言って部屋に戻った。

廊下を歩いていると、チキンが飛んでくる。

『お帰りなさいちゅりー』

「ただいま。いい子にしてた？」

『もちろんでちゅり！』

チキンは私の肩に止まり、頬ずりしてくる。年々甘えん坊になっている気がするが、使い魔というのはそんなものなのだろう。

メイドがお風呂の準備をしてくれたので、浴槽にゆっくり浸かる。

今日の疲れが、湯に溶けてなくなるような気がした。

なんというか、とんでもなく疲れてしまった。アドルフから婚約破棄されなかったし、想定していた反応はまったく引き出せなかった。

けれども、自由気ままに街を散策したり、高台で美しい景色を眺めたり、と楽しかったような気がする。きっと自分が行きたいと思うところに行けて、勝手気ままに振る舞えたからだろう。アドルフの〝怒る〟以外の表情を見られたのも面白かった。思いのほか、彼は女性に対して寛大である。その度量を、普段の学校生活でも見せてくれたらいいのに。

私と結婚するために、我慢しているに違いない。

そこまでして大切にしたい、アドルフが薔薇の花束と恋文を贈っていた想い人とは、いったい誰なのか。単なる好奇心だが、相手についての情報も知りたい。

それらについて情報提供をしてくれたのはランハートだ。今度会ったときにでも、詳しい話を聞いておこう。

お風呂に入ったら疲れが取れたので、夕食後にクッキー作りを行う。

いつも作っているのは、シンプルなシュガークッキーだ。素朴な味わいで、紅茶やミルクとよく合う。私が作るクッキーの中で、リオルが唯一おいしいと認めるものでもあった。

髪が邪魔にならないように纏め、三角巾を当てて結ぶ。エプロンをかけ、腰部分でリボンを結んだ。

材料は小麦粉、バター、顆粒《かりゅう》糖に卵、バニラビーンズ。

まずはバターを室温にし、なめらかになるまでホイップする。クリーム状になったバターに顆粒糖を加え、さらに混ぜた。これにバニラビーンズ、小麦粉を入れ、生地がまとまるまで練っていく。

生地がなめらかになったら布に包み、保冷庫の中で一時間休ませる。

一時間後――棒状に伸ばした生地に顆粒糖を軽く振るう。次にクッキーの形を整えるのだが、私は型抜きではなく、クッキースタンプと呼ばれるものを使う。

クッキースタンプというのは、模様が刻まれた型である。生地に押し当てると、美しい模様が写しだされるのだ。

今、お気に入りなのは、マーガレットに似たクッキースタンプである。これを生地に押し当てると、マーガレット型のクッキーに仕上がるのだ。

生地を一口大にカットしたものに、クッキースタンプを押し当てる。可愛らしいマーガレット型のクッキー生地を、油を薄く塗った鉄板に並べていった。生地の形が整ったら、最後に熱しておいた窯で焼いていくのだ。

十五分ほどで、おいしそうに焼き上がった。粗熱が取れるのを待っていると、厨房にリオルがやってきた。

「姉上、またクッキーを焼いたんだ。ルミに頼まれたの？」

「いいえ、これはアドルフにあげる分よ」

舞台を断った詫びとして、作ることをうっかり約束してしまったのだ。婚約破棄に向けて彼に失礼な態度を取るつもりだったのに、本当にあのときはどうかしていた。

ひとまず、無駄にしてしまったチケットに対する埋め合わせのクッキーだということにしておいた。

「本気？」

「嘘を言ってどうするの？」

リオルは無言でズンズン接近し、焼きたてのクッキーを摘まむとそのままパクリと食べる。

「熱っ……！」

「できたてほやほやだから、熱くて当然だわ」

勝手に食べたのに、抗議するような視線を向けていた。文句を言うと思っていたが、想定外の言葉を彼は口にする。

「修道院のクッキーより、姉上のクッキーのほうがおいしいな」

「それは当たり前よ。あなたの好みに合うように、改良したのがこちらのクッキーだから」

「そうだったんだ。だったら、姉上が作るクッキーはすべて僕の物なんじゃないの？」

「何をどう考えたら、そういう思考に至るのか、理解できないわ」

まあ、いい。たくさん作ったので、三分の一はリオルに分けてあげる。

ランハートにもあげよう。情報料として渡すのだ。

リオルは満足したのか、クッキーを持っていなくなった。

粗熱が取れたクッキーは缶に詰め、アドルフ宛てに書いたカードを添えておく。包装してからロンリンギア公爵家のアドルフに送るようにと、侍女にお願いしておいた。

なんとか労働責任量《ノルマ》を達成できたので、ひと息つく。

今日はゆっくり眠れそうだ。

第二章 同級生でライバルな男の謎を追え！

実家から魔法学校に戻ると、日常が帰ってきたと思ってしまう。いつの間にか、貴族令嬢としての私は非日常になっていたようだ。

制服に身を包み、朝から冷え込むので特待生のガウンを着込む。これを着る栄光を得られたのも三年目。

結局、この学年でこのガウンを着用できたのは私とアドルフだけだった。

つまり、まるまる二年もの間、アドルフとお揃《そろ》いのガウンを着続けたというわけである。一時期は恥ずかしくて、アロガンツ寮のガウンを着て学校に通っていたときもあった。けれども、特待生のガウンは保温及び保冷魔法がかけられていて、快適に過ごせるのだ。一方で、寮のガウンはただの上衣である。圧倒的に、特待生のガウンが過ごしやすい。私の恥ずかしいという気持ちは、寒さと暑さを前にするとあっさり負けてしまうのだ。

朝――食堂に行くと、新入生が大勢押しかけていた。パンやチーズを大盛りに取り分け、時間が許す限り食べている。

そういう食べ方ができるのは、今だけだ。三学年となった者たちは、パンはひとつ、チーズは一切れと、皿の上は慎《つつ》ましい量しかない。

二年間の寮生活で、食べたいだけガツガツ食べるというのは品がない、と厳しく躾《しつ》けられた証である。

食事量に制限はない。けれどもお腹《なか》いっぱい食べられるという環境は贅沢《ぜいたく》なものだ。自分たちは恵まれた者たちだと自覚し、必要最低限の食事を取る。

それこそ、高貴なる存在の務め《ノブレス・オブリージュ》なのだと、卒業していったかつての監督生が語っていた。

ちなみにこれらの指導は、朝食時のみである。昼食や夕食は好きなだけ食べられるのだ。

少々厳しすぎるのではないか、育ち盛りの子どもに食事を制限するなんて酷い行為だ、などという声を上げる保護者もいる。

けれども朝からお腹いっぱい食べ、満腹感から授業中に眠ってしまう子どももいたため、この決まりは伝統と化してしまったようだ。

魔法学校が貴顕紳士を作り出す場所だというのは、上手く言ったものだと思う。

その言葉のとおり、野生育ちのようでわんぱくな生徒も、三学年ともなれば立派な紳士然と振る舞うようになるのだ。

入学して一週間くらいは、大人しく席について食べてさえいたら注意されない。けれどもそれを過ぎたら、厳しい食事マナーの指導が始まるのだ。

今のうちにたくさんお食べ、と心の中で新入生たちに声をかけた。

ジリジリとけたたましいチャイムの音が鳴る。

新入生たちに朝食の時間が終了したと告げる音だ。食堂の混雑を避けるために、各学年、時間をずらすようにしているのだ。

急いでベーコンを食べる者、パンを制服のポケットに忍ばせる者、食事を残して足早に去る者と、さまざまだった。食堂はあっという間に、静けさを取り戻す。

一学年のあとは、三学年の時間となっている。ほとんどの生徒が校外学習にでかけているため、食堂へやってくる生徒は少なかった。

さて、今日は何を食べようか、と考えていたら、背後より声がかけられる。

「リオル・フォン・ヴァイグブルグ！　ぼんやり立ち止まらない！」

振り返った先にいたのは、特待生のガウンに監督生の腕章を合わせた姿のアドルフだった。注意したあと、してやったりとばかりに笑っていた。私に恥をかかせようと、わざと言ったのだろう。腹立たしい気持ちになる。

昨日、リオニーだった私には、恥をかかせまいと泥を被ってくれたというのに。

女性を敬い、尊重するという姿勢は、魔法学校に通って身に着けた紳士教育の一環だ。きちんと身についているではないか、と内心賞賛する。

肩に止まっていたチキンが、物騒な提案を耳元で囁《ささや》く。

『ご主人、あいつの頭に、羽根をぶっ刺してきましょうか？ ちゅり？』

チキンは可愛らしく小首を傾げていたものの、言っていることは極めて物騒だった。

「絶対に止《や》めて」

チキンが自主的に私を守る行動を取る前に、アドルフの前から立ち去らなければ。

そう思っていたのに、引き留められる。

「おい、お前」

お前だけでは多くの人が当てはまる。そのまま立ち去ろうとしたのに、腕を取られてしまった。

「何？」

「昨日、リオニー嬢……お前の姉さんは、何か言っていたか？」

「何かって？」

「その、怒っていなかったか？」

ロンリンギア公爵家の者たちの介入により、外出が強制的に終了してしまった件に関して、憤慨していたのではないか心配だったらしい。

「別に、なんとも」

「そうか」

明らかにホッとしたような表情を浮かべる。私の気分を害していないか、気がかりだったようだ。

結婚のために、天下のアドルフ・フォン・ロンリンギアがご機嫌伺いをするなんて。

愛人を迎えるにあたり、格下の家柄の娘との結婚を確実に成立させたいのだろう。

彼がそこまで情熱を傾ける相手とは、いったい誰なのか。気になって仕方がない。

私はまっすぐアドルフを見つめ、言葉を返した。

「姉の結婚相手が、君でなくてもいいんじゃないかって、僕は思っているよ」

何か言い返すのではないか、と思ったが、アドルフは雨の中に捨てられた子犬のような表情でいた。

そんな彼を無視して、食事が並んだテーブルのほうへ向かう。今度は引き留められなかった。

◇◇◇

放課後――誰もいない談話室に、ランハートの姿があった。難しい表情で、参考書とにらめっこしている。

「やあ、ランハート」

「ああ、リオル! ちょうどいいところにきた」

魔法騎士隊の従騎士であるランハートは、レポートの作成に苦労していたらしい。どういうふうに書けばいいのかわからず、頭を抱えていたようだ。

「自習室じゃなくて、どうしてここでやっていたの?」

「ここにいたら、リオルが通りかかるんじゃないかって思って」

ランハートは神さま、天使さま、リオルさま、と言い、手と手を合わせる。仕方がないと思い、レポート作りを手伝ってあげた。

一時間後――ランハートは満足げな表情で背伸びする。

「いやはや、助かったよ。さすがリオルだ。感謝の印として、今度購買部でお菓子を奢《おご》ってやるよ」

「それよりも、教えてほしい情報がある」

「ん？」

周囲に人がいないことを確認し、ランハートに耳打ちをする。

「前に話していた、アドルフが薔薇と恋文を送っていた相手について知りたい」

これまでへらへらしていたランハートの表情が、一気に引き締まる。

「いきなりどうしたんだ？」

「アドルフは姉上との見合いの席で、薔薇と恋文を渡していた相手について、言わなかったらしい。そういう相手がいるならば、きちんと事前に伝えておくのが礼儀ってものだろう？」

「まあ、それはそうかもしれないけれど」

貴族にとって結婚は、政略的な意味合いが強い。そのため、結婚相手との生活を義務とし、爵位を継承する子どもが生まれたら、愛人を迎える者も多い。平和な暮らしを送るために、愛人を傍に置くときは、配偶者に理解を得るのが普通だ。夫となった者に愛人がいる場合、その女性をしっかり管理するのも妻の務めなのである。

いろいろおかしいけれど、これが貴族のやり方なのだ。

「なあ、薔薇と恋文を贈っていた相手は、リオルのお姉さんじゃないのか?」

「それはない」

アドルフから薔薇と恋文が届いたことなんて、一度もなかった。

「頻繁に薔薇や恋文を受け取ったのが恥ずかしくて、家族に隠していた、なんて可能性は?」

「絶対にない」

「届いていたけれど、父親が処分していたというのは?」

「それもない。父はアドルフとの結婚に賛成だったから」

「そうか」

リオルが処分していたというのも考えにくい。あの子は他人への干渉を面倒に思うようなところがあるから。

ランハートは後頭部をガシガシ掻《か》き、大きなため息をつく。

「いや、なんか悪かったな」

「何が?」

「余計な話をしたと思って。ほら、当時のお前は学期末試験で次席になって、ふてくされていただろう？　アドルフの弱みを話したら、元気になるかと思ったんだよ」

「ああ、そうだったんだ」

たしかに、一年前の今頃は、成績が落ちて酷く落ち込んでいた。二学年は試験に苦手な実技が多かったため、アドルフに差を付けられてしまったのだ。悔しすぎて、不機嫌な状態が続いていたような気がする。

そんな中で、アドルフが恋人に薔薇の花束と恋文をせっせと贈っている、なんて話を聞いた。あんな奴にも誰かの気を引きたい気持ちがあるのだと、面白がっていた記憶が残っている。

「まあ、何はともあれ、愛人にするような女性がいるのに、黙ったまま姉と結婚するというのは面白くない。だから、どんな女性に想いを寄せているのか、調べて――」

「どうするんだ？」

「アドルフが婚約破棄をするように促す」

愛する女性と結婚するのが一番だ、なんて夢物語を語るつもりはない。けれども相手に隠し事をしている状態で、結婚するのもどうかと思う。

「アドルフはうちが格下の家だから、黙って愛人を迎えることがまかり通るって思っているんだ」

「それはどうだろうなー」

ランハートをジロリと睨む。先ほどから、アドルフ寄りの意見を言っているように思えてならないのだ。

「さっきから、ランハートはどっちの味方なの？」

「もちろんリオルに決まっている。俺たちの友情を、忘れないでくれよ」

「怪しい友情だ」

ランハートとの友情云々《うんぬん》はさておいて。なぜアドルフの味方になるような発言をするのか問い詰める。

「いやだって、あいつって自尊心はどこまでも高くて、真面目じゃん。だから、結婚する相手に愛人の存在を隠すなんてことはしないと思うんだよねえ」

「だったら、アドルフはいったい誰に薔薇と恋文を贈っているって言うんだ？」

「さあ？」

ここで、ランハートは情報の出所について打ち明ける。

「俺さ、奉仕活動の時間に購買部に行ってたじゃん？」

「ああ、あったね」

下級生時代に毎週行われる奉仕活動——放課後に魔法学校内で業務を行う人たちの

手伝いをする時間だ。その中で、ランハートは購買部を担当していたのだ。

「そこで働くおばちゃんと仲良くなってさー」

「賞味期限が切れそうなお菓子を貰ってきていたよね」

「そう！」

奉仕活動をする中で、薔薇の花束の注文が毎週入るという話を聞いたのだという。

「その生徒は薔薇の花束に手紙を添えて、校外にいる恋人へ送っているらしい――なんて話を、ロマンチックだわ～っておばちゃんが話していたんだ。いったい誰かと気になって、金を支払いにくる様子を覗き見したら、アドルフがやってきたってわけ！」

「なるほど」

手紙はアドルフが持っていて、購買部へは薔薇を受け取りにくるだけだった。そのため、宛名が誰だったか、というのはわからないという。

「購買部の店員だったら、手紙に書かれた宛名を見たことがあるかもしれない」

そう言って立ち上がると、ランハートも続いて起立する。

「俺も行くよ」

「忙しいんじゃないの？」

「平気。それに、なんか責任感じるし」

「別に気にしなくてもいいのに」

購買部の店員は生徒に関する情報のすべてに守秘義務がある。そのため、私が突然行っても、情報提供してくれないかもしれないという。

ランハートの同行は必要みたいだ。

校舎の一階、職員室の隣に位置する魔法学校の購買部は、授業で使う魔法書や文房具、お菓子や衣料だけでなく、小説や模型、遊戯盤などの娯楽に関する商品も揃《そろ》えられている。魔法学校に入学して一年目は、外出が徹底的に制限されているため、暮らしに関わる品はなんでも取り扱っているのだ。もしかしたら中央街にある雑貨店よりも、品揃えはいいかもしれない。

購買部の店員はランハートに気付くと、嬉しそうに手を振っていた。

「あら、ランハート君、久しぶりねえ」

「どうも！　ご無沙汰してます」

「最近、忙しいんでしょう？」

「まあ、ぼちぼちですねえ」

軽く近況を語り合ったあと、ランハートは本題へと移った。

「そういえば、前に薔薇を取り寄せていた生徒がいましたよね？」

「ええ。今も、週末になると注文していた薔薇を受け取りに来ているわよ」

アドルフは婚約が成立した今も、薔薇と恋文を贈っているらしい。ランハートの笑顔が少しだけ引きつっているように見えたのは、決して気のせいではないだろう。

彼はアドルフが真面目で一途《いちず》な男で、薔薇と恋文は婚約者となったリオニーに贈っていたと信じていたに違いない。

「毎週欠かすことなく薔薇を贈るなんて、本当にロマンチックな子よねえ」

「で、ですよね」

「私もそういうことをされたいわー。でも、どうしてそれが気になったの？」

「いや、友達がそんなやつなんていないって言い切るから」

何か聞かれたときには、こう答えるようにとランハートに伝えていたのである。

売店の店員の視線がこちらに向く。ぺこりと会釈しておいた。

「それで、誰に贈っていたかっていうのは、わからないですよねえ」

「ええ。さすがに相手については知らないのよ」

それを聞いたランハートは、しょんぼりとうな垂れる。と見せかけて、パッと顔をあげた。いきなり私の肩を組んだかと思えば、打ち合わせにないことを話し始める。

「実はこいつも薔薇の花を想い人に贈りたいみたいで。どういう品種かとか、どれくらい日持ちするのか、参考にさせて欲しいなって」

「あらあら！」

これ以上情報は引き出せないものだと思っていたのに、購買部の店員はさらなる情報を教えてくれた。

「たしか……いつも蕾《つぼみ》の薔薇を注文しているの。届けるのに時間がかかるからって。馬車で一日半かかる湖水地方のほうだと言っていたわ」

「なるほど！」

一日半かかる湖水地方といったら、〝グリンゼル〟だろう。ブラント子爵家が領する場所であり、ワインの名産地としても有名だ。あそこは観光地であるのと同時に、貴族たちの保養地でもある。

ヴァイグブルグ伯爵家もグリンゼルに別荘を持っていた。病弱だった母が療養できるように、父が資金を集め、別荘を買っていたのだ。私も何度か行ったことがある。

アドルフは薔薇の花を、グリンゼル地方にいる女性へ贈っていた。これだけの情報を聞いたら十分だろう。

購買部で話す内容ではないと思い、部屋にランハートを招いて話をする。

ランハートが部屋に入った瞬間、チキンがじろりと睨んでいたものの、まったく気付いていないようだった。

チキンは私がランハートに心を許していることを知っているからか、アドルフに対してよりはうるさく言わないのである。

「やっぱひとり部屋はいいなー」

「そのために勉強しているといっても、過言ではないからね」

寝台に寝転がろうとするランハートの首根っこを摑み、窓際の椅子へと誘う。

「ランハート、そこはダメ」

「いいじゃないか」

「よくない」

寝台は完全な私的空間だ。ランハートであっても、許すわけにはいかなかった。

そんなことはさておいて。

「ランハートのおかげで、いろいろ知ることができた」

「まー、核心に迫る情報は得られなかったけれど」

湖水地方グリンゼルに住む、アドルフと年若い女性――ここまで絞られたら、特定もしやすいだろう。

「そういえば、グリンゼルっていったら、校外授業の行き先にあった気がする」

「え、いったい何するの？」

「宿泊訓練だってさ」

ランハートは生徒会に所属していて、先輩からさまざまな話を聞いている。公開されていない教育課程《カリキュラム》についても詳しかった。

「その宿泊訓練は、いつあるの？」

「来月か再来月くらいじゃない？」

三学年は職業訓練でも忙しい時期である。そのため、自由参加となっているらしい。

卒業前のお楽しみ行事として、就職先が決まった生徒は遊びに行くような気持ちで受けるのだという。

「話を聞いたときは、どうしようかなって思っていたんだけれど、リオルが行くなら、俺も希望を出そうかなー」

「うん……ランハートがいてくれると、助かるかも」

「でしょう？」

誰にも好かれる明るい性格の彼がいたら、調査もしやすい。私が感情的になったときも、止めてくれるだろう。

これまでにこやかに話していたランハートだったが、急に真面目な顔で私を見る。

いつもと異なる様子に、少しだけ身構えてしまった。

「あのさ、リオル、ひとついい？」

「……何？」

「進路について、そろそろ聞かせてくれる？」

どくん！　と胸が大きく脈打つのと同時に、ついにきたかと内心思う。

入学当初から、ランハートは私の将来について聞きたがっていたのだ。本当のリオルの進路は、どこにも属さない研究員である。

毎年国立魔法研究所から研究員にならないかという誘いがあるようだが、リオルは無視しているらしい。組織に属したら、自由気ままに研究できないと思っているようだ。この先、リオルは偉大な研究を成し遂げるだろう。彼の未来は明るかった。

一方で、私の未来には陰が差し込んでいるように思えてならない。アドルフとの結婚を阻止できなかったら、愛人との楽しくも愉快な三人暮らしが始まってしまう。

婚約破棄できたらできたで、ひとりで身を立てて、暮らしていかなければいけない。

大叔母はひとりでも強く生きていけたが、果たして私は同じように生きられるのか。

正直、自信はない。

「僕は、家業を手伝いつつ、魔法の研究をする」

「え──！　いろんなところから仕事の誘いがあるって話だったのに、どれも受けないの？」

「受けない」

二学年のときに、職業適性の授業があった。校外に出て、さまざまな職業を体験するのだ。私はランハートと一緒に魔法騎士の職場に行ったり、養護院に泊まり込みで働いたり、修道士の体験をしたり──女性の身であればできない仕事を体験できた。

その中で、「うちで働かないか」と声をかけてくれる大人たちもいた。

とても嬉しかったが、リオルの姿を借りている私には過ぎた話で、実現できるわけがないのだ。

働かないか、と声をかけてくれる人たちは、魔法学校を卒業した良家の子息を迎えたいのだろう。貴族女性の道を外れた、頭でっかちな小娘と働きたいわけではない。

それを思うと、自分が惨めに思えてならなかった。

「リオルはさ、ずっと何かに悩んでいるようだけれど、自分の中で留《とど》めずに、誰かに言ったほうがいいよ」

「うん、そうだね。ありがとう」

ランハートの優しさが胸に沁《し》みる。けれども実は弟の代わりに魔法学校に通っているんだ、なんてランハート相手でも言えるわけがない。私が女だとわかったら、彼との友情も崩壊してしまうだろう。

ここでの思い出は、美しいものとして残しておきたい。だから、秘密は誰にも打ち明けるつもりはなかった。

ランハートと別れ、ひとりになった部屋で考える。

私の未来は、思っていた以上に自由がなく、孤独なものだ。これが貴族令嬢に生まれた者の定めなのだが、男としての人生を味わってしまった今、どうしても惨めな気持ちになってしまう。

「……私は、なんのために生まれてきたのかな」

独り言のつもりだったが、チキンがひょっこり顔を覗かせ、言葉を返す。

『それは、チキンと出会うためちゅりよ！』

胸を張り、自信満々な様子で言ってくれる。そんなチキンがいじらしくて、暗く落ち込んでいた気持ちが少し晴れた。

偽った私でも、本当の私でも、チキンは変わらず傍にいてくれる。

この小さな命を、大切にしようと改めて思ったのだった。

◇◇◇

魔法学校の夕食は、合計四カ所で提供されている。ひとつ目は校内食堂。夜は日替わりで出される料理のみだが、おいしいと評判で人気が高い。ふたつ目は寮の近くにある、予約制で食事のマナーを学べるレストラン。三つ目は各寮の食堂。朝食同様、料理が事前に用意されており、好きなだけ食べられるという形式である。四つ目は購買部で販売されている軽食を買い、好きな場所で食べるというもの。パンやチーズ、缶詰などを買い、独自のアレンジをして食べるのが流行《はや》っているのだとか。

私は食事に対する欲求が他の人より薄いので、もっぱら、寮の食堂で済ませている。料理は冷えている上に、質より量といった感じだが、外に行ってまで食事をするのも面倒だったので、寮でいいやとも思っていた。それに今はとにかく食事よりも、勉強に時間を割きたかったのだ。

今日、ランハートは他寮の子と一緒に、校内食堂で友人の誕生会を開くと言っていた。私も誘われたものの、顔見知り程度の同級生だったので断った。

先ほどクッキーを渡すのを忘れていたので、誕生会が終わったら談話室で渡すという約束を取り付けていた。ランハートが部屋に取りに行くと行ったが、彼がいると長居するので断った。なんとなく夜に異性を部屋に入れるというのも、抵抗があったし。

夕食後にまっすぐ向かった談話室は、無人だった。これ幸いと部屋から持ってきていた勉強道具を広げ、明日の授業の予習を始める。校内食堂はもうすぐ閉まる。そのため、ランハートは十分と待たずにやってくるだろう。

ランハートは想定していた時間に現れる。

「すまない。待たせたな」

「大丈夫。勉強していたし」

「リオルは本当に真面目だな」

授業中、特待生は教師の注目を集めやすい。当てられて答えられなかったら恥ずかしいので、予習は欠かせないのだ。

「アドルフがいるから大丈夫だろう、って思っている日ほど、当たるんだよね」

「わかる！　俺もアドルフとリオルがいるから大丈夫って思っていたら、ご指名を受けるんだよなあ」

「不思議だよ」

「本当に」

もうすぐ談話室は閉鎖される。忘れないうちにクッキーを渡しておいた。

「うわー、やった！　リオルの家のクッキー、絶品なんだよねえ」

「絶品って、これまでおいしいクッキーをたくさん食べていたでしょう？」

「いーや、このクッキーが一番おいしい。甘すぎないし、ザクザクした歯ごたえが絶妙なんだよね」

リオルとランハート、アドルフはお菓子の好みが一緒なのだろう。三人がお茶とクッキーを囲む様子を想像したが、気まずそうだと思ってしまった。

「一個食べようかな」

「お腹いっぱいケーキと鶏の丸焼きを食べたんじゃないの？」

「まあ、そうなんだけれど」

個人の誕生日をする場合、希望を出したらケーキと鶏の丸焼きを作ってくれる。一ヶ月前に予約する必要があるようだが、誕生日ですら実家に帰れない生徒には好評を博しているようだ。私も毎年ランハートが誘ってくれるものの、その日は弟の誕生日なので、祝われても別に嬉しくない。本当の誕生日も、同級生よりひとつ多く年を取ってしまったと切ない気持ちになるだけだった。

「このクッキーだけは別腹なんだよ」

そう言って、クッキー缶の蓋を開く。

「う――ん。甘くていい匂い！　リオルの実家のクッキー、久しぶりだな」

ランハートはキラキラした瞳で、クッキーを見つめていた。これほど喜んでくれたら、クッキーを作った甲斐《かい》があるというもの。幸せそうにクッキーを頰張る横顔を見つめていたら、廊下からカツカツという足音が聞こえた。

予想するまでもない。アドルフに間違いないだろう。広げていた勉強道具をきれいに整え、ランハートは二個目のクッキーをごくんと呑み込む。

談話室に顔を覗かせたのは、やはりアドルフだった。彼は監督生に贈られる金のカフスボタンをいじりつつ、中へ入ってくる。尊大な様子で、私たちに注意し始めた。

「もうすぐここは閉鎖する。早く部屋に戻るように」

「へ――い」

ランハートが気の抜けた返事をしたからか、アドルフにジロリと睨まれてしまった。

気まずく思ったのか、ランハートは思いがけない提案をする。

「あ――、えっと、アドルフ、よかったらリオルの実家のクッキーを食べる？」

あろうことか、そのクッキーを勧めるなんて。

「リオル・フォン・ヴァイグブルグの、実家のクッキーだと？」

「そう。特製のシュガークッキーなんだけれど、すっごくおいしいんだぜ」

いやいや待て。それを勧めるなと制止したかったが、もうすでにアドルフが恐ろしい形相でこちらにやってきて――クッキー缶の中身を見て、目を見開いた。

そして、アドルフは小脇に抱えていたクッキー缶と見比べてハッとなり、すぐさま開封し始めた。

ランハートが持っているクッキーと、アドルフが持っているクッキーの中身はそっくりそのまま同じだったのである。それも無理はない。どちらも、同じ日に私が焼いたクッキーなのだから。

蓋を開いた瞬間、アドルフはキッと眉をつり上げ、ランハートを睨みつける。まるで親の敵を前にしたような、苛烈な視線であった。

「お前、どうしてそのクッキーを持っている!?」

問いかけられたランハートは、キョトンとしていた。

「いや、どうしてって、貰ったとしか言いようがないというか」

「リオニー嬢が、お前に贈ったというのか!?」

「え、どういうこと？」

「しらばっくれるな!!」

たかがクッキーくらいでギャアギャアと大声をあげないでほしい。

「このクッキーは、俺のためにリオニー嬢が焼いたものなんだ！　お前が食べていいものではない！」

「えー、そんな！」

面倒な事態になってきた。この場はランハートに任せて、私は自分の部屋で明日の予習をしたいのに。私にとって無関係な話ではないというか、当事者なので、この場を離れるわけにはいかないのだ。

部屋に置いてきたチキンを召喚しようかと思ったものの、あの子は過剰防衛をする可能性がある。アドルフの頭に羽根を突き刺されたら困るので、呼ばないほうがいい。

「ランハート・フォン・レイダー、お前はリオニー嬢とどういう関係なのだ？」

「どういうって、会ったことすらないんだけれど！　これがリオルのお姉さんの手作りクッキーだったことすら、今知ったくらい！　直接貰ったんじゃなくて、リオルが持って帰ってきたのを、横流ししてもらっただけ！」

ランハートが必死の形相で訴えると、アドルフのつり上がっていた眉がどんどん下がっていく。

そして、ゴホン!! と咳払いすると、小さな声で「少々誤解があったようだ。すまなかった」と素直に謝罪した。

談話室はもうすぐ自動施錠される。注意するようにと言い残し、アドルフはそそくさと去っていった。

ランハートとふたり、しばし呆然《ぼうぜん》としてしまう。

アドルフの足音が聞こえなくなると、息苦しさから解放された。

「あの、ランハート、なんかごめん」

「ううん、いいよ。ここでクッキーを食べた俺が悪いんだし」

ランハートが寛大でよかったと、胸をなで下ろす。

「っていうかさ、リオル。アドルフって、やっぱりお姉さんにベタ惚《ぼ》れしているのでは?」

「は!? どうしてそういうふうに思うの?」

「だってさ、お姉さんが作ったクッキーを俺が持っているのを知って、激怒してたじゃん」

「アドルフはクッキーが呆れるくらい大好物なだけでしょう?」

「そんなこと……あるのかなあ」

「あるよ。僕、心の中でアドルフをクッキー暴君って呼んでいたから」

「クッキー暴君って、なんじゃそりゃ。ぴったりじゃないか！」

ランハートと一緒に、大笑いしてしまう。たかがクッキーひとつで、あそこまで怒れるなんて一種の才能かもしれない。

「でも、そのクッキーがトラブルの火種になったのは確かだから、今度購買部で何か奢ってあげる」

「それよりも、その予習ノートを明日の朝に見せてほしいな」

「そんなのでいいの？」

「それがいいんだよ」

ランハートと裏取引を行っていたら、談話室の閉鎖を告げるベルが鳴り始める。閉じ込められたら、明日の朝までここにいなければならなくなる。私とランハートは急いで談話室を飛び出したのだった。

◇◇◇

クッキー暴君との事件から一週間後、実家から手紙が転送されてきた。お茶会のお誘いが二通、ルミからの手紙、それからアドルフからの手紙と小包が届いていたという。お茶会の誘いはずいぶんと減った。魔法学校に入学する前は、毎週二十通以上届き、どこに参加するのか頭を悩ませるくらいだった。魔法学校での暮らしを優先させ、断り続けていた結果がこれである。

二通の差出人はいつもの面々だ。ひとりはルミの友人である侯爵令嬢、クララ様。社交場に姿を現さない私をいつも心配し、誘ってくれるのだ。

もうひとりは私が所属している、慈善活動サロンのお茶会のメンバーからである。これも、毎月クッキーを養育院に送るくらいで、現地での活動には参加できていない。お茶会への誘いは名簿に載っている貴族令嬢全員に送られているのだろう。

ルミからのお手紙は最後の楽しみにしておくとして、問題はアドルフの手紙と小包である。ため息をつきつつ、手紙を開封した。

便箋には丁寧な文字で前回の外出時の謝罪と、クッキーがおいしかったという感想が書かれてあった。彼がこんなにきれいな文字を書く人だったなんて、今まで知らなかった。いや、これまで目にする機会はあっただろうが、私が気付いていなかったのだろう。

小包はこの前のお詫びだとある。いったい何を贈ってきたのだろうか。恐る恐る包みを開く。

木箱に収められていたのは、ドラゴンを模《かたど》った胸飾りだった。精巧な出来で、子どもが見たら大喜びしそうな意匠だ。瞳はルビーで、翼は銀でできている。女性への贈り物としてはいささか武骨ではないのか。

毎週、魔法学校から薔薇と恋文を贈っているロマンチックな男が選んだとは思えないのだが……。

まず、どのドレスにも合わないだろう。

やはり、偽装結婚の相手はこんなものでいいと侮っているのだろうか？

「ねえ、チキン、この胸飾り、どう思う？」

『うーん、趣味が悪いちゅりよ……』

「そうよね」

チキンにまで悪趣味だと言われるアドルフに、少し笑ってしまった。

ふと、封筒にカードが入っているのに気付く。そこにはさらに、また会いたい、とあった。まるで、恋人を熱望しているようなメッセージに思えてならないのだが……。

私の不興を買ったと思っているのか。よくわからない。

というか、前回の外出でとことん嫌われるような行動を取ったのに、また会いたいだなんて。何か別の目論見があるのではないか、と疑ってしまう。

正直頻繁に会いたくない相手なのだが、アドルフがグリンゼルへの宿泊訓練に参加するかは気になる。

もしも彼が現地に行ったら、追跡調査ができるから。

リオルの状態では探りを入れられないが、婚約者であるリオニーであれば気軽に聞けるだろう。

便箋を取り出し、ドラゴンの胸飾りに対する感謝の気持ちと、次に実家に戻れる期間を会える日として書いておいた。

書いた手紙は一度実家に戻し、そこから侍女に頼んで改めてアドルフのもとへと届けられる。面倒だが、ここから送ったら魔法学校の消印が付いてしまうので仕方がないことだった。

◇◇◇

今日も今日とて、監督生であるアドルフは食堂の監視をしていた。学校から贈られた金のカフスが太陽の光に反射して、これでもかと輝いている。悔しいけれど、彼に似合っていた。

前を通り過ぎようとしたら、声をかけられる。

「おい、リオル・フォン・ヴァイグブルグ」

「何？ 違反行為はしていないんだけれど？」

「そうじゃない」

アドルフは少しだけ頬を染め、ボソボソと小さな声で言う。

「リオニー嬢の誇りになるよう、真面目に過ごすように」

「は？ どうしてそんなことを言われなければならない？」

私の気が立ったからか、肩に止まっていたチキンの羽毛がぶわっと膨らんだ。それだけでなく、翼をシュッシュと前に突き出し、戦闘態勢になる。

ここで暴れられたら大変なことになるので、チキンを摑んでポケットに突っ込んでおく。服の上からぽんぽんと叩き、落ち着くように促した。

アドルフは自信満々の態度で言い返してくる。

「どうしてって、俺がリオニー嬢の婚約者だからだ」

私が変な行動を取ると、姉の婚約者であるアドルフも損害を被る、とでも言いたいのか。まだ結婚していないのに、家族顔されるのはごめんである。

ピリピリした空気が流れつつあったが、突然背後から腕を取る者が現れる。ランハートだった。

「おう、リオルじゃないか。あっちの席が空いているぜ！」

ランハートは私の腕をぐいぐい引っ張り、席へと誘導してくれる。そこに座るよう肩を押し、「どーどー」と言いながら背中を摩った。

「リオル、お前、なんで朝からアドルフに絡んでいるんだよ」

「あいつのほうが先に絡んできたんだ」

「アドルフは教師への密告手帳を持つ監督生なんだ。声をかけられても、スルーしろ」

「嫌だ。何か言われたのに我慢するなんて、性に合わない」

「まあ、そうだろうけれど、少しは気を付けろよー」

「わかっている」

監督生の密告手帳というのは、違反行為を起こした生徒について記録しておくものだ。一日の終わりに教師に報告し、違反内容によっては成績にも影響を及ぼす。

そのため、監督生の前では猫を被っている生徒が多い。

朝食を食べる気にならず、寮母《メイトロン》に頼んで朝食に出ていたものでお弁当《バックランチ》を作ってもらった。休み時間に食欲が復帰したら食べたい。

本日は登校日であるので、教室には多くのクラスメイトがいた。半月ぶりに会う者同士が、戦場から戻ってきた兵士と家族のような再会をしていた。

私は端っこにある目立たない席で、新しく取り寄せた魔法書を読む。ランハートは私がやってきた予習を、一生懸命自分のノートに写していた。

ホームルームが始まる。教師はグリンゼルへの宿泊訓練についての摘要《レジュメ》を配っていた。皆、騒がずに落ち着いた様子で見ていたが、顔がにやけている。きっと魔法学校を卒業する頃には、表情筋を鍛える訓練を終え、完璧な紳士として独り立ちするのだろう。今はまだまだ未完成紳士、といったところか。

アドルフのほうをチラリと横目で見ていたら、無表情だった。さすが、ロンリンギア公爵家のご子息といったところか。表情から感情は読み取れない。

一限目の授業が終わり、休み時間となる。皆、各々集まって宿泊訓練について語っていた。アドルフの取り巻きたちはいなくなり、動向は探れない。やはり、リオニーとして会ったときに聞くしかないようだ。

ひとまず宿泊訓練のことは頭の隅に追いやり、私は寮母が用意してくれたお弁当を食べ始める。

するとクラスメイトのひとりが話しかけてきた。

「なんだよ、リオル。お前、育ち盛りか？」

「違う。朝、食欲が湧かなかっただけ」

「そうか」

会話が盛り上がっているように見えたからか、次々とクラスメイトが集まってくる。

ここでも、話題の中心は宿泊訓練についてだった。

皆、参加するようで、今から何をするかと話し合っている。厳しい紳士教育を受けても、彼らはいつでも少年の無邪気な心を持っていた。

そんなクラスメイトを、少しだけ羨ましく思ってしまった。

アドルフに手紙を送ってから、次の予定はとんとん拍子に決まった。前回のように歩き回ったら疲れてしまうので、喫茶店で会うという方向性で固まった。

やはり、前回の外出はあのアドルフをもってしても疲労を感じるものだったらしい。

ますます、なぜ私を再度誘ってくれたのか、理解に苦しむのだが。

何はともあれ、行き先はアドルフに任せた。いったいどんなお店に案内してくれるのやら……。なんせ、ドラゴンの胸飾りを婚約者に贈る男である。

紳士の社交場となっているコーヒーハウスに連れていかれたとしても、驚かないようにしよう。

そして、グリンゼルへの訪問について探らなければ。

気合いと共に、実家へ帰った。

◇◇◇

忙《せわ》しない毎日を過ごしていると、あっという間にアドルフと面会する日を迎える。

憂鬱《ゆううつ》すぎて、夜中に何度も起きてしまう。完全に寝不足であった。

「リオニーお嬢様、本日のお召し物はどうなさいますか？」

「うーん」

派手な出で立ちはアドルフにダメージを与えられないとわかったので、今日は華やかすぎないごくごく普通の恰好で、と侍女に頼む。

侍女がいくつかドレスを持ってやってくる。その中でもっとも控えめな、薄紫《ライラック》のドレスを選んだ。

「髪は三つ編みにして、クラウンみたいに纏めて。香水は……そうね、鈴蘭《ミュゲ》のをお願い」

こういった侍女への指示も、貴族女性の務めである。よくわからないからといって、侍女の思う通りにさせてはいけない。

何もかもお任せにしていた場合、侍女がドレスや宝飾品を購入することになる。その結果、侍女が権力を握り、最終的に主人を軽んじるのだ。

正直、他人にあれこれ指示するのは得意でないものの、以前よりは上手く侍女を使えるようになったのではないか。

それも、魔法学校で下級生に指示を出していた成果だろう。

化粧品も似たような瓶が大量に並べられる。魔法薬の名前は暗記できるのに、化粧品の種類を覚えられないのはなぜなのか。

面倒なので化粧品の指定はせず、今、社交界で流行っている仕上がりで、とざっくり頼んでおいた。

今日は秋晴れで、日差しが強い。日傘を持参して行こう。

侍女が数本持ってきたので、象牙の持ち手《ハンドル》が美しい、チュールレースがあしらわれたものを選んだ。

日傘は美しければ美しいほど、重たくなる。今日選んだのもたくさんレースが縫い付けられていたので、手にずっしりときていた。貴族の女性も大変なのだ。

出発前にふと気付く。ドラゴンの胸飾りを忘れていた。

薄紫のドレスには合いそうになかったが、付けていかないわけにもいかないだろう。

さすがに目立つ場所には付けられないので、腰のリボンに合わせた。侍女は感情を表に出さず、私の指示に従う。なんとなく、質問を投げかけてしまった。

「この胸飾り、どう思う？　婚約者に貰った品なんだけれど」

「こちらは——とても勇ましいですね」

その一言に尽きるだろう。苦笑していたら、侍女は控えめに微笑んでくれた。

アドルフの乗る馬車がやってきたと、侍女が耳打ちしてくれた。彼が本物のリオルと会わないよう、大急ぎで玄関に向かう。

待ち合わせにしたかったのだが、家まで迎えにきたいと手紙に書かれてあったのだ。断るのも面倒だったので、アドルフの送迎を受けることとなってしまった。

息を整えたのと同時に、玄関の扉が開かれる。

アドルフはパールグレイのフロックコート姿で立っていた。前髪は以前のように後ろに撫で付けず、軽く分けるだけにしていた。監督生になってから、よくしている髪型である。前回は別人のようだったが、今回は完全に普段のアドルフなので、逆に緊張してしまう。

「リオニー嬢、待たせたな」

そう言って、優雅に手を差し伸べる。あのアドルフと、手と手を合わせるなんて信じられない。けれどもこれは現実である。

「さあ、行こうか」

こくりと頷くと、アドルフは優しくエスコートしてくれた。

ふたりきりとなった馬車の中で、先手を打って胸飾りについて感謝の言葉を伝える。

「あの、この胸飾り、ありがとう」

「やはり、それは贈った品だったか。よく似合っている」

アドルフの言葉に、微笑みに見える苦笑いを返した。ドラゴンが似合うと言われて喜ぶ貴族令嬢など存在するのか――わからない。

そんな会話を皮切りに、アドルフとの外出が始まった。

先ほどまで晴れていたのに、空模様は瞬く間に曇天となった。まるで、私の心の内を映し出したかのように思えてならない。

外を眺めているうちに、窓ガラスに雨粒が打ち付ける。最悪だ、雨が降ってきた。

「雨、ね」

「ああ、そうだな」

まるで、倦怠期《けんたいき》の夫婦のような会話だ。アドルフと結婚してしまったら、こんな未来が待っているのだ。まだ結婚もしていないというのに、うんざりしてしまう。

いつ、宿泊訓練についての話題を出そうか。会ってすぐに聞くのは不審がられるだろう。まずは、アドルフの近況について探る。

「学業が忙しい時期に、こうして私のために時間を割いてもらって、とても嬉しいわ」

遠回しに迷惑なのでは？ と聞いたつもりだ。まだまだ鈍感なところがある同級生ならまだしも、すでに完成された紳士であるアドルフには通じるだろう。

「言うほど忙しくはない。他のクラスメイトのように、職業訓練があるわけではないからな」

次期ロンリンギア公爵であるアドルフには、すでに王の側近としての輝かしい未来が待っている。そのため、愛人の盾になってくれる結婚相手に時間を割くことができるのだろう。

アドルフが案外暇だということがわかった。監督生としての活動も問題なくできるというわけである。

目的地に到着したようで、馬車が停《と》まった。御者が扉を開き、傘を差して雨を避けてくれる。先にアドルフが降り、傘を受け取ったあと手を差し伸べた。私はしぶしぶと指先を重ねる。馬車の踏み段《ステップ》に降りた瞬間、雨に濡《ぬ》れていたからか足を滑らせてしまった。

体が傾き、落ちる——そう思った瞬間、アドルフは私の手をぎゅっと握り、もう片方の手にあった傘を放り出して、腰を強く支えてくれる。

間一髪で、転ばずに済んだようだ。

その後、何を思ったのか。アドルフは私を抱き上げ、地上へと降ろしてくれた。

切迫した表情で私を覗き込み、質問を投げかけてくる。

「リオニー嬢、大丈夫か？」

「え、ええ、まあ……おかげさまで平気よ。ありがとう」

そう言葉を返すと、明らかに安堵した表情を浮かべる。このように慌てた様子を見るのは初めてである。

傘を拾い、一緒に入るようにと肩を抱き寄せる。

思っていた以上に密着するので、少しどぎまぎしてしまった。雨に濡れないためなので、仕方がない話なのだが。

それにしても驚いた。アドルフ・フォン・ロンリンギアという男は、怒り以外の感情をほとんど表に出さないから。

アドルフは御者を振り返り、踏み段を指差しつつ耳打ちする。きっと、濡れている状態では危ないと注意しているのだろう。

いつもの彼だったら、その場で怒鳴り散らしそうだが。人混みの中で感情を剝き出しにするのはスマートではない。紳士的な態度で、御者に物申したのだろう。

御者は眉尻を下げ、何度もペコペコと頭を下げていた。気にするなと伝わるよう、淡い微笑みを向ける。

「リオニー嬢、行こう」

御者の反応を見てから去ろうとしたのに、腕を強く引かれてしまった。足取りは以前より速く、普通のご令嬢であればついて行けないだろう。

横目でアドルフを見上げると、眉がキリリとつり上がっていた。私がどんくさかったので、心の中では腹を立てているのか。念のため、謝罪しておく。

「あの、申し訳なかったわ」

「何の謝罪だ？」

「私が転びそうになったせいで、アドルフに恥をかかせてしまったから」

これまで何度かアドルフから婚約破棄を促すために、恥でもかかせてやると画策していた。けれども、計画していないところでそうなるのは、私としても面白くない。

だから謝ったのに、アドルフは意味がわからないとばかりに小首を傾げている。

「あなたが怒っているように見えたの。だから、謝ったのよ」

「怒ってなど――いいや、怒っていたのかもしれない」

それはどうして？　そう問いかけるようにアドルフを見つめる。

「リオニー嬢が、御者に優しく微笑みかけたのが、面白くなかった。それだけだ」

「はい？」

私には他人へ微笑みかける権利すらないというのか。わけがわからない。

やはり、アドルフは暴君だ。

結婚したら、さまざまな制限を提案しそうで恐ろしい。

「こういう感情は生まれて初めてだから、酷く混乱している。不快にさせてしまい、申し訳ない」

彼が感じた感情は、いったい何だったのか。私もよくわからない。

ひとまず素直に謝ったのだから、今日は許してあげよう。そう、思うことにした。

中央街の馬車降り場から徒歩三分の場所にあるのは、王室御用達《ロイヤルワラント》の看板が下がった喫茶店であった。

　もともとは夜会を行うような宮殿だったが、持ち主が破産して売却。翌年には喫茶店となり、王族も足しげく通う人気店となった。完全予約制で、一年先まで予定が埋まっているという噂話を耳にしたことがある。ロンリンギア公爵家のご子息ともなれば、ここの予約を取ることは難しくないのだろう。

　店内はすべて個室で、多くの貴族は密会の場として使っているらしい。

「よく、こちらの予約が取れたわね」

「うちはここに専用の部屋を持っているんだ」

「あらそう。だったら、好きなときに来られる、ということなの？」

「他の家族が使っていない時間帯は、まあ、そうだな」

　さすが、ロンリンギア公爵家である。まさか、喫茶店に専用の部屋があるとは……。

　どんなに予約希望者がいても、その部屋はロンリンギア公爵家の者以外は使わないらしい。

「入り口はこちらだ」

　アドルフは正面から入らずに、裏手に回り込む。なんでも貴賓は専用の出入り口があるのだという。

「祖父が頼み込んで、専用の部屋ができたのだが……」

アドルフは立ち止まり、ため息交じりに語り始める。

「愛人との密会のために、用意したらしい」

ドクン、と胸が激しく脈打つ。思わず、彼の顔をまっすぐ見てしまった。

どうしてか、愛人について語るアドルフの表情は、憎しみに満ちあふれているように思えてならなかった。

自分が抱える問題と照らし合わせて、感情を波立たせてしまったのだろうか。

アドルフはその後、何も言わずに喫茶店の中へと誘《いざな》う。

私を振り返ったときの彼は、瞳に陰鬱とした色合いを滲ませているように見えた。

今、この瞬間、彼の中にある深い闇を垣間見てしまったように思えてならない。

私では抱えきれないような問題に思えて、すぐに見なかった振りを決め込んだ。

店内に入り、まっすぐ廊下を歩くと、誰にも会わずに部屋に辿り着く。

さすが、愛人との密会のために用意された部屋だ。中には窓がなく、ドーム状の天井には水晶のシャンデリアが吊《つ》られ、部屋を明るく照らしていた。部屋の中心にはゆったり寛《くつろ》げる猫脚のアームチェアに、ウォールナットの三脚テーブルが鎮座していた。

すでに、お菓子と紅茶は用意されている。ポットには魔石が仕込まれており、淹《い》れ立ての紅茶が楽しめるようになっているのだろう。

お菓子は定番のスコーンに、マカロン、それからベリータルトにサブレなどもある。口直しにキュウリのサンドイッチや野菜のケーキ、キャビアが載ったカナッペなどもある。お菓子は広いテーブルに、品よく並べられていた。

その様子を見ていると、ふと思い出す。

以前、慈善活動サロンの令嬢たちを我が家に招いてお茶会を開いたとき、ケーキスタンドにスコーンやサンドイッチを載せて提供した。

それを見たそこまで親しくない令嬢のひとりが、こういうのは初めて見ると驚いていたのだ。「狭いスペースしか提供できない者が、場所を有効利用しかつ華やかに見せる工夫なのですね」、と指摘され、なんとも言えない気持ちになったのを覚えている。

暗に、広い家を持っていない者の知恵だと言いたかったのではないか。捻くれた思考を持つ私はそう思ってしまったのだ。

しかしながら、王宮御用達店ではケーキスタンドは使われていない。やはりあれは、狭いスペースを有効活用するための工夫だったのだろう。

ここで、給仕係がやってくる。カップに紅茶を注ぎ、お菓子を一通り取り分けると、

「ご用がありましたら、ベルでお知らせください」とだけ言って去って行った。

その間、アドルフは黙ったままだった。いったい何を考えているのやら。

クッキーを摘まもうとした瞬間、彼は想定外の行動に出る。

頭を深々と下げ、謝罪したのだ。

「こんなところに連れてきて、すまなかった！」

「こんなところ、というのは、どういった意味で言っているの？」

「祖父が愛人を連れてきた場所に、リオニー嬢を連れてきてしまった」

「ああ……」

そういう意味だったのか。あいにく、そういった考えには至っていなかった。

ただただ、王室御用達の喫茶店ってすごい、としか思っていなかったわけである。

「前回、舞台の誘いを断られてしまってから、行き先に自信がなくなってしまって……。この喫茶店が貴族令嬢の憧れだという話を聞いたものだから、それ以外に他意はなく、案内してしまった。今、ここに来るまでに気付けなかったことを、謝罪する。申し訳なかった」

あの天下の暴君アドルフ・フォン・ロンリンギアが、自信がないという言葉を口にするなんて。本当に反省しているようで、しょんぼりと肩を落としていた。

「アドルフ、私は別に、有名なお店でお茶が楽しめると嬉しくなっただけで、あなたに対して非難めいた感情は抱いていないわ」

そう宣言すると、アドルフは希望を見いだしたかのような目で私を見つめてきた。

視線が交わると、ハッと肩を震わせ、目を両手で覆う。ギリギリ聞き取れるような声で「感謝する」と言ったのだった。

いい機会だ。愛人についての認識を問いただそう。

ぼんやりするアドルフに、私は質問を投げかけた。

「アドルフは、愛人という存在について、どう思う？」

ここで彼が正直に告げたら、まあ、許してやらないこともない。

かと言って、結婚はしたくないのだが。

「愛人という存在は、あってはならないと、個人的には思う。伴侶への裏切りだ」

絞り出したような、切ない声だった。

そう思うのであれば、なぜ、毎週熱心に薔薇と恋文をグリンゼルに住む女性に贈っているというのか。

まさか、相手は愛人ではない？

ふたりの関係に名前はなく、純愛を貫いているというわけ？

私に子どもを産ませ、爵位の継承者《エア》を得たあと離縁し、後妻としてその女性を迎えるという気の長い計画の実現を狙っている可能性が浮上した。

これまでのアドルフは、私を正式な婚約者として、丁重に扱ってきた。

それもすべて、後妻を迎えるための手段だったというわけだ。

清廉潔白な面のあるアドルフが、黙って愛人を迎えるという状況にいささか疑問を抱いていたところである。

後妻を迎えるつもりであるならば、すべて納得がいった。

胃の辺りに手を当てて、首を傾げる。なんだかモヤモヤするような、不快さを感じるのだ。きっと私は、腹を立てている。私を大切に扱う男の目的が、私を利用し、排除した上で他の女性との幸せを掴むためであったから。

「――？」

自分自身の感情が、よくわからなくなってきた。

婚約破棄を促すつもりだったのに、どうしてこのような感情を抱くのか。

アドルフ・フォン・ロンリンギアという男は私を勝手にライバル視し、この二年間、成績を競い続けたのだ。彼がいなければ、魔法学校の生活も平和だっただろう。

そんな相手に、いいように利用されている。気に食わないのも無理はないのかもしれない。これ以上、アドルフに時間を割きたくない。そう思って、本題へと移る。

「それはそうと、弟が話していたの。今度、グリンゼルに宿泊訓練に行く、と。アドルフはどうするの？」

「ああ、あれは――子ども騙しのイベントだ。訓練と言っても、そこまで厳しい監視下のもとで行われる行事ではない」

これから卒業に向けて教育課程が進む生徒たちに、羽目を外す場を設けようとしたのが宿泊訓練らしい。そのため、自由参加となっているようだ。

「俺は行かない。それよりも、魔法書を一冊でも多く読んだほうが、時間の有効活用と言えるだろう」

まさかの不参加である。アドルフがいなければ、情報を得られないだろう。なんとしてでも、グリンゼルの地に誘わなければならない。

ならばと、ある提案をしてみた。

「あの、私も同じくらいの時期に、グリンゼルに行くの」

「リオニー嬢も、グリンゼルに？」

「ええ。ヴァイグブルグ伯爵家の別荘があって。だから、あちらで少し会えたら、嬉しいと思ったのだけど」

アドルフは驚いた表情を浮かべ、「リオニー嬢と、一緒にグリンゼル」などとうわごとのように呟いていた。

「アドルフの都合もあるだろうから、難しいかもしれないけれど」

「いや、いいかもしれない。わかった。宿泊訓練に参加しよう」

アドルフの決定に、テーブルの下でぐっと拳を握ってしまった。


帰りの馬車に揺られながら、とんでもない提案をしてしまったものだと反省する。

短時間に一人二役をするなんて、初めてだ。

一瞬、リオルに協力を頼もうか迷ったものの、同級生に発見されたら大変だ。いくら似ている姉弟だからと言っても、性格はまるで違うから。

クラスメイトに囲まれでもしたら、他人との接触を嫌うあの子は、きっと悪態を吐くに違いない。

私がこれまで築きあげてきたイメージを、壊すわけにはいかなかった。

この身分が借り物であるというのはよくわかっている。

わかっているから、卒業までは大切にしたいと考えているのだ。

魔法学校での日々は、きっと生涯の宝物になる。台無しにしないように、慎重に行動したい。

それはそうと、アドルフは魔法学校についてどう思っているのか。

「第三学年に進級されたみたいで、監督生に指名されたとリオルから聞いたわ」

「ああ、そうだな。だが——」

そう言いかけ、アドルフは窓の外に顔を向けた。そのまま、黙り込んでしまう。

「どうかしたの？」

「いや、俺よりも相応《ふさわ》しい奴がいたから、指名されても嬉しくなかっただけだ」

「あなたよりも相応しい人なんて、いるの？」

窓に映ったアドルフの表情は、どこか寂しげだった。なぜ、そのような表情を浮かべているのか。四大貴族のひとつである、ロンリンギア公爵家の嫡男である彼は、生まれたときからすべてのものを手にしているような男性《ひと》なのに。

「監督生は、リオニー嬢の弟、リオル・フォン・ヴァイグブルグがするべきだったんだ。あの男ほど公平で、生徒を俯瞰《ふかん》で見ることができる者はいない」

「ま、まあ。そう、かしら？」

「そうだ。俺は嘘を言わない」

本当に、その通りである。怒りっぽくて尊大で、暴君な一面があるアドルフだが、根が曲がったことが大嫌いで、嘘を嫌悪している。

一度、陰湿ないじめを発見したときは、いじめた生徒を徹底的に断罪し、最終的に魔法学校から追放してしまった。

やりすぎではないか、なんて声もあった。

けれども彼は非難する者たちを前に、「これは見せしめだ」と言ってのけたのだ。

苛烈としか言いようがないが、自分の影響力や権力を使い、校内のいじめを徹底的に絶やした功績は認めざるをえない。

「正直、魔法学校は息苦しい場で、居場所がないと感じるときもある」

それは完全に同意である。少年たちが箱庭に詰め込まれ、多感な年頃を過ごす。逃げ場なんかなく、ただただ決められた道をまっすぐに歩いていくしかないのだ。

「しかしながら、自らを高め合える戦友とも言える者との出会いは、貴重だった。彼のおかげで、魔法学校での日々は悪くなかったと言えるだろう」

アドルフの取り巻きの中に、戦友とも言える友達がいるということなのか。

だとしたら、彼の心の中の闇もそこまで深いものではないのかもしれない。

「魔法学校を卒業したら、その男と親友になれるだろうか？」

「今は、違うの？」

「違うな」

アドルフが親友になりたいと望んだら、誰だって喜ぶだろう。そう伝えると、彼は珍しくはにかんだ。

「リオニー嬢、ありがとう」

感謝の言葉を口にするアドルフに、私は微笑みを返したのだった。

「もう長い間、どう接していいのかわからないでいる。どうしても、彼を前にすると、闘争心が湧き出てしまい……」

「素直になれないのね」

「そうだ」

具体的に、どういうふうに打ち解けたらいいのか、と質問される。

「そうね。ひとまず貸し借りをしてみるのはいかが？」

「貸し借り、というのは？」

「お友達同士で、自分の私物を貸したり、借りたりするの。そういうの、これまでしたことはない？」

「ない」

ロンリンギア公爵家のご子息は、必要な物はすべて手元にある。きっと、貸し借りなんてする必要はないのだろう。

「普段、どういったものを貸し借りしているのだ？」

「たとえば、文房具を忘れたときに借りるとか」

「忘れ物をしたことがない」

「だったら、本の貸し借りは？」

「ああ、なるほど」

アドルフは「貸し借りか」などとボソボソ呟いていた。短い学校生活である。くだらない自尊心は捨てて、友達は大切にしてほしい。

そんな話をしている間に、我が家へ辿り着いた。

「次に会うのは、グリンゼルでだろうか？」

「ええ」

「楽しみにしている」

どんな反応をしていいのかわからず、私は頭を深く下げるばかりだった。

帰宅すると、侍女が慌てた形相で駆けてくる。いったいどうしたというのか。

「リオニーお嬢さま、旦那様が部屋でお待ちです」

「父上が？」

侍女の様子から、きっと何かあったのだろう。詳しい話は知らないようで、父から直接聞くしかない。

しぶしぶと父の執務室へと向かうと、入った瞬間に怒鳴られてしまった。

「リオニー、これはどういうことだ!!」

父が手にしていたのは、ルミに送るはずだった便箋である。端にインクを零してしまったので、ゴミ箱に捨てていたのだ。

「お前が、アドルフ君との婚約を破棄する計画を立てていたとは――!!」

なんでもメイドが捨てられた便箋を回収したときに、婚約破棄の文字を発見してしまったようだ。その後、執事に情報が行き渡り、最終的に父が知ってしまったわけである。これは、便箋を燃やさなかった私も悪い。一旦、叱咤《しった》を受けよう。

「せっかく魔法学校にも行かせてやったというのに、お前はどうしてそんな勝手なことをする⁉」

「父上、行かせてやったと言っているけれど、学費はリオルが稼いだものだわ」

父は一瞬うろたえたものの、「そういう意味ではない!!」と言葉を返す。

魔法学校に通うには、親の許可が必要だ。それを顧みると、父のおかげで魔法学校に行けている、ということも間違いないのだろう。

「婚約破棄して、卒業後はどうするつもりだったんだ？　叔母上のように、慈善活動だなんだって、あちこち放浪するつもりだったのか？」

「それは悪いことなの？」

「悪いに決まっている！　貴族の家が、結婚していない娘を抱えることの恥を、お前は理解していないようだ」

貴族女性は家の、はたまた国の繁栄のために結婚しなければならない。そのために美しいドレスを与えられ、恵まれた環境の中で暮らしているのだろう。

「お言葉だけれど、子どもというのは、何も自分で産んだ者でなくてもいいと思うの。養育院の子どもたちを支援し、その子たちが国の未来を作る。そうなっても、貴族女性としての役割は果たせていると――」

「黙れ!!」

口にしてから、父は言いすぎたと思ったようだ。それがわかったので、私は盛大に傷付いた表情を浮かべる。そして、思いの丈を父にぶつけた。

「父上の石頭!!　一度地獄に堕《お》ちて、サラマンダーの餌になって!!」

そう叫び、部屋を飛び出す。そのままの勢いで私は魔法学校に戻ることとなった。

寮の廊下を歩きながら、父から言われた言葉を反芻《はんすう》する。

父が言っていたことは正論だ。けれども、いい家柄の男性と結婚することが存在理由のすべてでありたくなかった。

誰とも会いたくないし、話したくない。そう思いつつ、寮の裏口から私室を目指す。

こういうとき、閑散としている三学年の寮は助かる。なんて思っていたら、背後から声をかけられてしまった。

「おい、リオル・フォン・ヴァイグブルグ、止まれ」

この尊大で生意気な物言いをするのは、アドルフ以外にいない。どうやら彼も、すぐに寮に戻ってきていたようだ。

無視するつもりだったのに、立ち止まってしまった。振り返ると、アドルフがつかつかと歩いてくる。また、粗探しでもしていたのか。呆れつつ、腕組みして彼の発言を待った。

アドルフは視線を斜め下に向け、私に一冊の本を突き出してくる。それは、薬草魔法について書かれた魔法書であった。

「な、何？」

「これを貸してやる」

「え!?」

よくよく見たら、表紙にロンリンギア公爵家の家紋があしらわれたエンボス印が押されていた。貴重な魔法書は、盗まれないようにこうして印を入れているのだ。

「以前、薬草学の教師から、お前がこれを読みたがっていたという話を聞いていた。ちょうど家にあったから、貸してやる」

この本はすでに絶版で、国内で唯一収蔵している国立図書館でも、一部の国家魔法師にのみ閲覧を許可された一冊である。ちなみに父は一部の国家魔法師の中に入っていないため、読むことができない。

薬草学の先生ですら、目にする機会すらなかったと話していた本である。

それをなぜ、私なんかに貸してくれるのか。

首を傾げた瞬間、アドルフは少し照れた様子で思いがけないことを口にした。

「これを貸す代わりに、お前が持っている本を貸せ」

その発言を聞いた瞬間、ピンとくる。先ほど、私は彼に言った。

――そうね。ひとまず貸し借りをしてみるのはいかが？

まさかそれを、アドルフは素直に実行した、というわけか。それにしても、彼は素直になれない相手と親友になりたい、と言っていた。

もしかして、それが私《リオル》だった？

いやいやいや、ありえない。彼にとって私は、嫌悪する相手に違いない。

きっと親友になりたい相手は他にいて、本当に貸し借りで仲良くなれるか試したいのだろう。リオニーだけでなく、リオルでも利用しようとしているのか。

断りたいところだが――薬草魔法の魔法書は読みたい。逆に、彼を利用したと思い込めばいい。本だって、その辺にあるものを貸してやればいいのだ。

「わかった。じゃあ、本を貸してあげるから、部屋にきて」

「あ、ああ」

てくてくと、アドルフと並んで歩く。こうしてアドルフと肩を並べて歩くのは、リオルの姿では初めてだ。なんとなく、リオニーでいるときよりも居心地が悪いのは気のせいだろうか。あと、歩くのはやたらと早い。リオニーでいるときは、歩調をゆるめてくれているのだろう。こんなところで、気付きたくなかったのだが……。

私たちは二年間隣同士だったが、こうしてアドルフを部屋に招くのは初めてだ。

妙な緊張感がある。

アドルフが一歩足を踏み込んだ瞬間、チキンが勢いよく飛んで来た。

『敵襲ちゅり！　敵襲ちゅりよ！』

そう叫びながら、アドルフを嘴で突こうとする。

「ちょっと、チキン、止めて！」

『この男はご主人の敵！　嘴ドリルをお見舞いするちゅりー！』

「今日は敵じゃないから！」

アドルフが神妙な面持ちで「今日は、だと？」と聞き返してきたのだが、聞こえなかった振りをした。

荒ぶるチキンを捕獲し、ポケットに詰め込む。ぽんぽんと軽く叩いていたら、静かになった。

「ごめん。ひとまずそこに座って」

いつもはランハートの特等席になっているひとり掛けの椅子を、アドルフに勧めた。

「なんだ、この古びた椅子は？」

「一年生のときに、監督生をしていたエルンスト・フォン・マイから貰ったんだ」

「ああ、眼鏡にオールバックの……？」

「そう」

「なぜ、彼と親しかったんだ？」

「親しくないよ。一学年のとき、縦割りの掃除区域が同じだったから、少し話す関係だっただけ」

彼も首席だったので、勉強方法や学校での振る舞い方についていろいろ習った。皆の前にいるときは厳格な監督生、という感じだったものの、個人で話すときは親切な上級生、といった雰囲気だった。

「首席が使う角部屋にだけ、ここに窓があるだろう？　そこに椅子を置いて景色を眺めると違った風景が見えるからって、くれたんだ」

厳しい先輩だったので、椅子を貰ったときは驚いたものだ。

「ちなみにこれを貰ったのは先輩の卒業前だったんだけれど、二学年は残念ながら次席で――」

「ああ、そうだったな」

一年間は角部屋を使えなかったので、なんとも悔しい思いをしていたのだ。

そのため、三学年でこの椅子を窓の前に置けたとき、どれだけ嬉しかったか。

アドルフがいなければ、私は三年間首席だったのに。

そんな話はさておいて。アドルフに貸す一冊が決まった。それは、薬草学の基礎について書かれた一冊で、中には私が調べたことのメモや、授業中に教師が話していた内容などがびっしり書かれてある。

つまりは、落書きだらけの本というわけなのだ。

「これを貸してやるよ」

差し出された本を、アドルフはキョトンとした表情で受け取る。彼も持っているであろう、どこにでもある本なので、なぜこれを？　と思っているに違いない。

本をパラパラ捲《めく》ると、アドルフはハッと肩を震わす。わなわなと震えているように見えた。

ほら、言ったことか。

友達の貸し借りというのは、対等な品でできるとは限らない。その辺は、友情をもって補うのだが。

顔をあげたアドルフは、どうしてか瞳を輝かせていた。

「ん？」

思っていた反応と違う。ぜんぜん怒っているようには見えなかった。

「お前、これを俺に貸してもいいのか？」

「え、うん。いいけれど」

「本当に？」

「嘘は言わない」

それはそんなに何度も確認して借りるような本ではない。そう思っていたのだが
――。

「俺はあまり薬草学が得意ではないのだが、お前の補足を読んでいたら、よく理解できそうだ」

「え、薬草学の成績はよかっただろう？」

「あれは、丸暗記していただけだ。きちんと理解はしていなかった」

一学年のとき、よくわかっていなかったものが、今私の補足説明を読んだら理解できそうだという。

「リオル・フォン・ヴァイグブルグ――いいや、リオル。素晴らしい本を貸してくれてありがとう」

「あ、ああ、うん」

「これはお前の努力の結晶だ。心して読ませてもらおう」

アドルフは爽やかに言って、部屋を去っていった。

どうしてこうなってしまったのか。チキンに問いかけてみたが、『わからないちゅり』と言われてしまった。

アドルフから借りた薬草魔法の魔法書は大変素晴らしいものであった。三回ほど繰り返して読み、その後、時間が許す限りノートに写して保管する。この貴重な本を長く借りておくわけにはいかないので、一週間ほどでアドルフに返した。

「もういいのか？」

「全部ノートに写したし」

「写しただと？　魔法陣もすべてか？」

「まあ、うん」

呪文や魔法陣の中には、魔法式を理解しないと記録できないものが多い。借りた本に書かれてあった内容は、それがほとんどだった。だからアドルフは驚いているのだろう。

「リオル、お前は魔法学院に進むのか？」

魔法学院というのは、魔法をさらに専門的に学ぶ場所である。主に魔法師になる者が進む道だ。

「だとしたら、どうするの？」

「魔法学院には、高名な魔法薬学の教授がいる。ただ高齢で、誰かの紹介がないと授業をしてくれないらしい。お前が望むのならば、紹介状を父に書かせるが」

「いや、大丈夫。魔法学院には行かないから」

「行かない……？　お前、まさか魔法騎士にでもなるつもりなのか？」

文武両道の魔法騎士は、魔法学院に進学せずに魔法学校を卒業したあとに進む道である。ここに通う生徒の三分の一は、魔法騎士になるのだ。

「魔法騎士にはならない。僕は実家で家業を手伝いながら、ひとりで研究をする」

「は⁉　お前、才能を無駄にするつもりか⁉」

アドルフは私の肩をガシッと摑み、血走った目で訴えてくる。

「お前ほど熱心に魔法を学び、真面目で、周囲の人間からも好かれる奴なんて他にいない。家に引きこもって孤独に研究をする将来なんて、ありえないだろうが！」

なぜ、私はアドルフに褒めちぎられ、将来の心配をされているのか。

そういうふうに思われていたなんて、知らなかった。

「なんだか知らないけれど、褒め言葉だけ受け取っておくよ」

「ほめ――⁉　ほ、褒めてない‼」

私が本当のリオルだったら、魔法学院に通いたかった。魔法薬学の権威とも会ってみたかったし、将来の選択についていろいろ考えてみたかった。

けれども私はリオルではない。貴族の家に生まれた女――結婚以外に役に立つ術《すべ》なんてないのだ。

父との約束は魔法学校を卒業するまでだったし、これ以上、自由気ままに過ごせないだろう。

「お前、いったい何を考えているんだ！」

「いろいろ考えているよ。でもそれは、君には言えない」

そんな言葉を返すと、アドルフは傷付いた表情で私を見つめる。

なぜ、そういう反応をするのか。まったくわからなかった。

◇◇◇

三学年になってから、ようやく大叔母が発明した〝輝跡の魔法〟について学ぶ時間が取れるようになった。

輝跡の魔法というのは、流れ星や花火など、見る者を魅了する魔法のイルミネーションだ。

これの基盤となっているのは、光魔法である。

光魔法というのは厄介なもので、火属性、風属性、土属性、水属性の四元素《エレメント》をきちんと理解しないと使えない。

一学年と二学年で四元素についての授業が終わったため、やっと輝跡の魔法に取りかかれるというわけだ。

大叔母は魔法学校に通わず、独自に魔法を編み出した。本物の天才なのだろう。

そんな輝跡の魔法の中で、私は植物を使った魔法を実現させたいと考えていた。

たとえば光る蔓《つる》だったり、魔石灯代わりに使える花だったり、輝く花飾りだったり。

大叔母が考えた輝跡の魔法を応用できるように、薬草学の授業を特に真剣に聞いていたのだ。

もしかしたら、これで商売ができる可能性だってある。大叔母に頼んで特許を取り、貴族相手に販売する。それを資金として、養育院の子どもたちに魔法を教えられたら――。

どれも夢みたいな話だ。まったくもって現実的ではない。

貴族に生まれた女性は、籠の中の鳥だ。自由に空をはばたくことさえ許されていない。これからどうなるのか。自分のことなのに、まったく想像できないでいた。

バタバタと忙しく過ごしているうちに、宿泊訓練に行く前日となっていた。

一度実家に戻り、荷造りを行う。ふたり分用意しなければならないので、地味に大変だ。

混乱しないよう、ノートにグリンゼルでしなければならないことを書いて整理しておく。

まず、グリンゼルでアドルフの心に秘める女性を捜索する。

それを知ってどうするのか。計画を打ち明けたルミに聞かれてしまった。もちろん、それをネタに婚約破棄をする予定だが、あまり派手な騒ぎにはしたくない。

父からも「余計なことをしたら勘当する！」と言われているのだ。

さすがの私も、今の状態で路頭に迷うことになったら、生きていけないだろう。

理想は、アドルフのほうから婚約を辞退してもらうことである。

ロンリンギア公爵家からの申し出があれば、父は何も言えまい。

婚約破棄の鍵を握るのは、薔薇と恋文を受け取り続けていた女性の存在なのだ。

リオニーとしてアドルフと会うときにも、何か探りを入れたい。彼は妙に警戒心が強いところがあるので、上手く聞き出せるかどうか……。正直、自信がなかった。

ため息をつきつつ廊下を歩いていたら、リオルと会った。

「姉上、また仕様もないことを考えているの？」

「仕様もないことって……」

言いかけて、ピンと閃《ひらめ》く。

「そうだわ。リオル、あなた、私がグリンゼルにいる間、女装をしてくれない？」

「姉上、突然、何を言っているんだ？」

「だって、一人二役なんて自信がなくて」

別荘にいるときだけでも、リオルが女装し、私になりきってくれたら、急な訪問者がきたときも誤魔化せる。

「あなたの演技なんて期待していないから。ただ別荘にいるだけでいいの」

「それって、僕にどんな利益があるの？」

「それは――お姉さん孝行とか？」

リオルは「お断りだ」と言って去っていく。素直に引き受けるわけがなかったのだ。

肩に止まっていたチキンが、まさかの提案をしてくれる。

『ご主人！　もしも困った状況になったら、チキンがご主人を助けてあげるちゅりよ』

「どうやって助けるって言うの？」

チキンはちゅり、とひと鳴きし、胸を張って口にする。

『みなさまー、ごきげんようー。私はチキン！　じゃなくてー、リオニーちゅりよー』

チキンの加勢とは、まさかの物まねだった。信じられないくらい、私に似ていない。

『これで大丈夫ちゅりね！』

「大丈夫なわけないでしょう」

脱力し、がっくりとうな垂れる。

今回の提案は、気持ちだけ受け取っておくことにした。

ドレスは先に別荘に送っている。侍女も現地まで足を運んでくれるらしい。

一人二役は早着替えが重要となるので、非常に助かる。

服を詰め終えると、盛大なため息がでてきた。

グリンゼルでの宿泊訓練は、二泊三日。その期間に、上手くアドルフの想い人を発見できるのか。正直に言って自信はない。けれどもやるしかないのだ。

目指せ、婚約破棄という目標に迷いはない。

アドルフ、見てろよ！　という意気込みでグリンゼルへと向かったのだった。

第三章　同級生でライバルな男の想い人について

湖水地方グリンゼルまで、王都から馬車で一日半かかる。

一日目の夜は宿に宿泊し、翌日の昼頃に到着するという予定だった。

それが突然覆る。魔法学校の校庭に、ワイバーンが並んでいた。いったい何があったのか、と呆然としてしまう。

チキンはワイバーンを前に、闘争心を剥き出しにしていた。

『あんな小竜、ひとひねりにできまちゅり』

「はいはい」

小鳥ほどのサイズしかないチキンが、ワイバーンにどうやって勝つというのか。

竜種の中でいったら、ワイバーンは小型に分類されるようだが。ワイバーンの気を逆立たせたら大変なので、チキンはポケットの中に突っ込んでおいた。

ランハートは瞳をキラキラ輝かせながら、ワイバーンを眺めている。

「おお、リオル、あっちに白いワイバーンがいるぜ！　きれいだなー！」

「ああ、そうだね」

「お前、なんでそんなに落ち着いているんだよ」

「びっくりしすぎて、言葉がでないだけ」

「本当か？」

他の生徒も、ランハート同様に興奮していた。

魔法学校の紳士教育とはいったい……。三学年になって落ち着いたと思いきや、すぐこれである。

ただ、それだけワイバーンという存在が珍しいのだ。

ここにいるワイバーンは、竜車用に集められたものである。竜車というのは、空飛ぶ馬車と言えばわかりやすいのか。

馬車で一日半かかるグリンゼルまでの距離も、竜車だと三時間で済むらしい。

竜車は国内の貴賓を運ぶために運用されているが、それがどうしてか魔法学校に集結していた。

「リオル、おはよう」

爽やかな朝の挨拶と共に、背後より突然登場したのはアドルフであった。

アドルフを敵対視するチキンがポケットから飛び出し、羽毛をブワッと膨らませる。飛びかかる前に摑んで、再びポケットの中へと詰め込んでおいた。

チキンの暴走を誤魔化すために咳払いしてから、アドルフへ話しかける。

「ねえ、アドルフ、あのワイバーン、どう思う？」

「どうって、あれは父に頼んで用意してもらったワイバーンだ」

「は⁉」

驚いたことに、あのワイバーンはアドルフの父親の縁故《コネクション》を使い、三学年の生徒全員が竜車で移動できるよう手配してくれたのだ。

「信じられない」

「移動時間が短縮できて、いいだろうが」

「まあ、そうだけれど……」

「だろう？」

ここでふと気付く。今日のアドルフはなぜか、自費生が着用する外出用の外套《がいとう》をまとい、頭巾を深く被っていた。

「アドルフ、監督生のウエストコートはどうしたの？」

「鞄《かばん》の中にある。今回は抜き打ちで生徒のふるまいを監督するため、このような恰好でいる」

きちんと教師の許可を得ているのだという。そういうところは抜かりない。

「あとは、他の生徒に見つからないようにな」

竜車を前に瞳を輝かせるクラスメイトは皆、口々にアドルフはすごいと絶賛していた。きっと見つかったら、もみくちゃにされるだろう。

「俺とリオルは、ふたり乗りの竜車を用意した。ついてこい」

一方的に宣言し、アドルフは回れ右をして歩き始める。それを見ていたランハートは、訝《いぶか》しげな様子で話しかけてきた。

「なんだよ、お前たち、いつの間に仲良くなったんだ？」

「さあ？」

「当事者なのにわからないのかよ」

仲良くなったわけではないが、一回目の貸し借りをきっかけに、少しだけアドルフを理解できたような気がする。

あの日以降、私たちは苦手な教科のノートを貸し借りするような仲となった。実技魔法のコツも教えてもらい、以前よりは苦手意識がなくなった。かといって、友達というわけではない。少し話せるクラスメイト、みたいな認識である。

「たぶん、自分だけ別の竜車に乗ったら、あとで非難されると思ったのかも」

「なるほどなー。アドルフ、賢い奴め」

ここでアドルフが振り返り、「ついてこいと言っただろうが！」と叫ぶ。

彼の取り巻きになったつもりはないのだが。

「じゃあランハート、またあとで」

「おう！」

そして小走りでアドルフのもとを目指し、一緒に小型の竜車に乗り込んだのだった。

車内は案外広かった。上質な革張りのシートで、腰かけるとしっかり体を支えてくれる。この車体を引くのは、先ほどランハートが発見した白いワイバーンだ。

「メスのワイバーンだ。オスよりも従順で、飛行も丁寧だ」

「へえ、そう」

「以前、馬車が苦手だと話していただろう？　竜車は馬車ほど揺れない」

「あ――うん」

少し前に、馬車酔いするという話を彼にしていたのだ。まさか、それを覚えていたとは。婚約者である私はともかく、リオルである私になんてさほど興味ないと思っていたのに。

「そういえば、リオニー嬢も馬車が苦手なのか？　思い返してみたら、顔色が悪かったような気がする」

女性は化粧をしているので、顔色で判断できなかったのだという。

「ああ、姉上も馬車が得意ではない」

「だったら、次回の外出は竜車にするか」

「絶対に止めて！」

「ん？」

「あ、いや、うちの庭はワイバーンが降りられるほど広くないから」

「そうか？」

どでかい竜車なんかが貴族街にやってきたら、目立ってしまうだろう。同時に、アドルフが竜車で婚約者《リオニー》を迎えにきた、などという噂話が出回るに違いない。その話が記者に伝わり、ゴシップ誌に〝成金伯爵令嬢、公爵子息との仲は良好〟などと掲載されたら、恥ずかしくて二度と社交の場に顔を出せなくなる。それだけは絶対に阻止しないといけないだろう。

「もう少し手配が早くできたら、リオニー嬢も竜車で一緒に行けたのだがな」

「あー、そうだねー」

思わず、棒読みになってしまう。

リオニーは三日前から出発し、すでにグリンゼルにいる、という設定である。

正確に言うと、三日前に出発したのは侍女たちだ。念のため、侍女のひとりを私に変装させている。

その辺の工作はしっかり計画済みだった。

そんな話をしているうちに、ワイバーンがもぞもぞ動き始め、翼を大きく広げた。

竜車を操縦するのは、国家魔法師である。魔装線路と呼ばれる魔法の線路を作り出し、その上をワイバーンが飛び、車体は魔装線路上を走っていくわけだ。

魔法師が杖を振りつつ、呪文を唱える。すると、線路が地上から空へ伸びていった。

「わ、すごい……！」

アドルフも竜車に乗るのは初めてのようで、車内にある御者席を覗き込める小窓から、魔法師の様子を興味津々とばかりに眺めていた。

ついに竜車が動き始める。上昇中はさすがに揺れるだろうと思っていたが、車内に影響はない。

「これは、どうして？」

「魔法師が車内の重力制御を行っているからだ。この辺は操縦する者の腕の見せ所だ」

「そうなんだ。すごい技術だ……！」

どんどん竜車は上昇していき、魔法学校が小さくなっていく。

「あ――魔法学校って、大きな魔法陣になっているんだ」

「知らなかったのか？　入学式のときに、校長が話していたが」

「話が長かったから、聞き流していた。それにしても信じられない。魔法学校自体が、巨大な結界なんだ」

魔法学校の校舎は魔法の要となっており、魔法陣の重要な位置に建っている。さらに、水晶でできた温室が魔石代わりとなり、魔法が展開されているようだ。敷地全体に魔力の集合体とされる月の光を集める魔法式があるので、結界の常時展開を可能としているという。

「生徒の安全を守るために、初代校長が作ったものらしい。当時は生徒を集めるために、王族も通っていた。そのため、守りを必要以上に強固にしていたのだろう」

「アドルフが竜車に乗せてくれなかったら、一生知らなかった」

「そうだろう？」

いつになく優しい声で、アドルフは返す。思わず顔を見たら、淡く微笑んでいた。

それはリオニーと一緒にいるときにのみ見せていた、優しい笑みだった。

「おい、リオル、下を見てみろ」

別部隊の竜車が飛んでいるらしい。覗いてみると、黒いワイバーンが左右に揺れつつ飛んでいる。

「うわ、あれって大丈夫なの？」

「さあ、どうだか」

ワイバーンが悪いわけではなく、操縦する魔法師の魔法が上手くいっていないので、あのように大きく揺れているらしい。

「あの様子じゃ、重力制御もできていないな」

「じゃあ、中にいる人たちは？」

「右に、左にと大揺れだろう」

「うわあ……」

「しかしまあ、あれは訓練用の車体で、体を固定する装備が座席にあるだろうから、三半規管が弱くなければ平気だろう」

私があれに乗っていたら、胃の中のものをすべて出していたかもしれない。

アドルフがこの竜車に誘ってくれて、心から感謝した。

「それはそうと、訓練用って？」

「これは竜車を操縦する魔法師の訓練の一環だ」

「そうだったんだ」

ちなみに、私たちが乗っているのは教官の竜車らしい。普段は貴賓相手の飛行もしているようで、安定しているわけである。

「教官だから、わかりやすいように白いワイバーンなの？」

「そうなんだろうな」

なんというか、いろいろ腑《ふ》に落ちた。

「おかしいと思っていたよ。魔法学校の生徒の移動に、貴賓用の竜車を出すなんて」

「一応、校長に許可は取っている」

生徒にも乗車前に伝えているらしい。拒否した生徒は魔法生物学の先生の使い魔である翼のある白馬、ペガサスに乗って行くようになっているのだとか。

「ペガサスは飛んでいないな。拒否した生徒は見当たらないようだ」

「みんな、怖いもの知らずだ」

「嬉々《きき》として乗っていたと思うがな」

そういえばと思いだす。数年前にガーデンパーティーの見世物として、馬術ショーが行われた。そのさい、馬が暴れて大騒ぎになったのだ。

女性陣の多くは眉を顰《ひそ》めていたが、男性の大半はいいぞ、もっとやれと盛り上がっていた。普段お目にかかれないような状況に、ワクワクしていたのだろう。

その状況と、クラスメイトがワイバーンに興奮する様子はよく似ていた。

「リオル、下の竜車、安定してきたぞ」

「あ、本当だ」

アドルフと顔を見合わせ、笑ってしまった。

ひととおり竜車を堪能したあとは、各々持参していたノートの交換を行う。

今回は独自に行った試験対策ノートの貸し借りをしたのだ。

アドルフは私と目の付け所がまったく異なる。ここをこう勉強するのか、という新しい発見があった。

悔しい気持ちになったものの、アドルフも同じことを思っていたらしい。

「今回の試験対策は自信があったのだが、たくさん抜けがあったようだ」

「僕も、同じく」

真剣にノートを読んでいる間に、グリンゼルに到着した。

◇◇◇

国内有数の風光明媚《ふうこうめいび》な景色があるという観光地、湖水地方グリンゼル。教師が冬用の外套を用意しておくようにと注意したわけを、身をもって実感する。

王都よりも北寄りにあるからか、風が冷たく肌寒い。ただ、湖は見にくるだけの価値がある。水面には鮮やかな紅葉が映し出されていた。けれども少し風が吹いただけで波紋が生まれ、その景色は消えてしまうのだ。なんて儚《はかな》く、心が洗われるような眺めなのか。

隣に立つアドルフも、同じことを思っていたようだ。

「驚いた。湖というのは、このように美しいのだな」

「そうだね」

しばし見とれていたようだが、他の竜車が到着すると踵を返す。

「引率の教師陣が到着したようだ。次の指示を待とう」

「わかった」

三時間ぶりの再会を果たしたクラスメイトたちは、出発前よりも興奮していた。空を飛ぶ竜車の旅は、彼らにとって大きな刺激だったらしい。

中でも、ランハートが乗っていた竜車は特に揺れていたようだ。

「なんかもう、すごかったんだよ。このまま空に放り出されるかと思った！」

「よく、訓練生の竜車に乗ったよね」

「だって、竜車なんて、二度と乗れないかもしれないだろう？」

「たしかに、それはそうかもしれないけれど」

教師陣が生徒に指示を出す。グリンゼルにいる間は、使い魔を常に顕現していなければならないらしい。

ランハートは一学年のときに召喚したカエルが腕にしがみついていた。前に見たときは普通サイズのカエルだったが、今は小型犬くらいの大きさになっている。

「うわ、そのカエル、そんなに大きくなったんだ」

「可愛いだろう？」

「すごいけれど、可愛くはない」

カエルにとって湖水地方の気候は過ごしやすいようで、ゲロゲロと元気よく鳴いていた。

「リオル、お前のところのカツレツはちっこいままだな」

「カツレツじゃなくて、チキンね」

チキンはランハートの発言を聞いていたようで、ポケットから飛び出してきた。

『誰がちっこくて、賢くて、愛らしいばかりのチキンと言ったちゅりか！』

いい方向に解釈できる、都合がいい耳だ。カツレツは聞こえていなかったようだが、チキンはランハートを突こうとしていた。

すぐに捕獲し、再度ポケットの中へ突っ込む。

三年間で成長を見せる使い魔たちだが、チキンはそのままだった。大きくなったらポケットに詰め込めなくなるので、この先ずっとこのままでいてほしい。

「チキンは大きくならないみたい。なっても困るけれど」

「たしかに――」

チキンの凶暴っぷりは学年の中でも有名である。そのおかげで、今はアドルフの取り巻きに絡まれなくなったので感謝している。

「大きいと言えば、アドルフのもすごいな」

「ああ、あれね――」

アドルフが召喚したフェンリルは一回り以上成長していた。馬よりも大きいだろうか。あの使い魔を連れていると、いつも以上に威圧感がある。

フェンリルを引き連れたアドルフの姿は、生徒たちの羨望の的となっているようだ。

生徒が集まると、宿泊訓練についての説明が始まった。現地で何をするのか、というのは事前に知らされていない。内容によって、出席する、しないを決める生徒がいるからだという。参加は自由だが、個人個人の自主性を高める訓練でもあるため、スケジュールは現地《ここ》で話すようだ。

まず、一日目はレクリエーションを行う。なんでも、内容は毎年異なるそうだ。去年の先輩は森に隠された魔法巻物《スクロール》を探し、発見したものは入手できる、というものだった。魔法巻物《スクロール》の中には貴重な転移魔法もあったようで、大いに盛り上がったらしい。

今年はいったい何をするのか。ドキドキしながら教師の話に耳を傾ける。

「レクリエーションについて発表する。これから全員くじを引いて、ペアを作ってもらう。そのペアで森に行き、食材探しをしたあと調理。完成した料理を一品提出し、教師が食べて採点する。活動のさい、攻撃魔法の使用は禁止とする。使った者は停学及び、反省文三百枚書いてもらおう」

尚《なお》、使い魔を使役し、命令するのは問題ない。ただ、使い魔も攻撃魔法は使うな、とのことだった。

その昔、魔法学校の卒業生が森に出現したイノシシ相手に火魔法を使い、山火事に発展したことがあった。

魔法で作った火とはいえ、燃え移って大きくなったら制御なんてできない。そのため、鎮火させるのに、一ヶ月もかかったという。

そんな過去の失敗もあって、攻撃魔法の使用は慎重を期しているのだろう。

「最後に、点数によって特別な魔石を与える、という課題だ」

別の教師が盆に載った魔石を見せてくれた。炎の魔石に雷の魔石、光の魔石に闇の魔石——学生の身分では手に入らないであろう、稀少な魔石の数々であった。中でも、光の魔石は特に珍しい。めったに市場にも出ない、という話を耳にしていた。

光の魔石は輝跡の魔法を使うさいの素材にもなる。ぜひとも欲しい。

「森には木の実、キノコ、ウサギやアナグマ、魚など、豊富な食材がある。持ち帰った食材は、一度提出するように。毒が含まれたものがないか、こちらで選別する。まあ、これまでの授業を真面目に聞いていたら、食べられるか、食べられないかくらいはわかるだろう。ちなみに、森はほどよく整備されていて、魔物は出現しない。けれども絶対とは言えない。気を抜かないように」

森の中には毒を持つ植物や生き物がいるらしい。なんでも口にせず、動物とも触れ合わないようにと、教師は口を酸っぱくして注意していた。

それだけでは物足りないと思ったのか、生徒全員に解毒薬や血止めなどの薬が入ったパックが配られた。信用がないものである。

ちなみに回復魔法は魔法学校では習得できない。神学校に通った者のみが使える。神学校の就職先は教会と限られているので、希望する者は少ない。そのため、回復魔法を使える者は稀少とされている。

そんなことはさておいて。食材探しと調理が課題らしいが、食材探しについては懸念が残るものの、調理は得意だ。

養育院で子どもたちに出す料理を作っていたし、魔法学校では寮母の軽食作りを手伝ったこともある。

他の生徒よりも、上手く作れる自信があった。

問題は、ペアとなる生徒だ。

なんでも三学年ごちゃまぜに引くのではなく、クラスごとになっているらしい。ここで、教師から驚愕の事実を知らされる。

「今日、皆が宿泊するのは南の方向に見える小住宅《バンガロー》だが、組んだペアの者と泊まってもらう。夜、レポートもまとめやすいだろう」

ひとり部屋でないだろうとは思っていたが、まさかふたりっきりで宿泊しないといけないなんて。なんとかペアになった生徒に話を付けて、実家の別荘に行けたらいいのだが……。そんなことを考えているうちに、ペア決めが始まった。

隣にいたランハートがぼやく。

「自由にふたり組になれって言われたら、リオルを選ぶんだけどなー」

私も、未来の魔法騎士さまと一緒だったら心強かったのだが。ランハートと共に、とぼとぼ歩きながらくじを引きにいった。

ほとんどの生徒が引き終わっている。すでにペアになっている者たちもいる。

先にランハートが引いた。ふたつ折りになった紙を開く。

「お、犬の絵が描いてあるな」

「だったら俺だ」

クラスメイトのひとりが、犬が描かれた紙を掲げながら挙手する。奇跡が起きて、ランハートとペアになるという望みが潰《つい》えてしまった。

続いて私の番だ。ランハート以外のクラスメイトで打ち解けている者なんていない。広く浅い付き合いをするばかりである。だから、誰であろうと一緒――なんて思考を一次停止させる。視界の端に、フェンリルと佇むアドルフが映った。まだペアが決まっていないようだった。

アドルフとは気まずい。アドルフとペアは嫌だ。アドルフとだったら最悪だ。

なんて思いながらくじを引く。ハラハラしつつ、紙を開いた。

「猫の絵のひと、いる？」

クラスメイトにそう問いかけたら、ひとりの男が手を挙げた。

「俺だ」

その場に頽れそうになる。

ペアの相手はなんと、アドルフだった。そうなるんじゃないかって、ほんの僅かだが思っていたのだ。

なんて運が悪い……。

心の中で頭を抱え、どうしてこうなったのか、と声なき声で叫んだ。

アドルフは私のもとへつかつか歩いてくると、肩をポンと叩きながら言った。

「リオル、よろしく頼む」

「まあ、うん、よろしく」

意外や意外。アドルフは私とペアを組むことに、嫌悪感を抱いていそうにない。

上手く利用できると思っているのかもしれないけれど。

果たして、レクリエーションは彼とで上手くいくのか。まったく想像できない。

協調性があるとは思えないし、生粋のお坊ちゃんである彼は料理なんてできないだろう。

大型の使い魔であるフェンリルがいるのは心強いが。

チキンはフェンリルを前にしても、堂々たる態度でいた。

『ちゅり！　図体《ずうたい》だけが大きい獣なんかに、負けないでちゅり！』

その自信はどこからやってくるものなのか……。

フェンリルは明後日《あさって》の方角を向き、チキンなんてまったく相手にしていなかった。

『チキンが本気になったら、その大きな図体なんて、一捻《ひとひね》りちゅりよ！』

フェンリルに怒られる前に、チキンを捕獲しておく。

そんなことはさておいて。夜、アドルフと同室で過ごさなければならないというのが憂鬱だ。監督生である彼の目を盗んで別荘に行くことなど、不可能に近いだろう。

今晩は眠れそうにない。

ペアを組んだ者には、森の地図が配布された。貴族の行楽のために作られた森のようで、食材がある場所がわかりやすく書かれていた。

ウサギやアナグマなどは、狩猟区で獲《と》れるらしい。内部には猟場管理人《ゲームキーパー》がいて、猟犬や猟銃なども貸してくれるという。

森の中にいくつかチェックポイントが用意されていて、その場に教師がいるらしい。エリアごとにある食材を入手し、地図にスタンプを押して回って全部集めると、翌日の自由時間に使えるボート券が貰えるようだ。

アドルフは思いのほか、真剣な様子で地図を眺めている。それだけでなく、私に話しかけてきた。

「リオル、お前はどういう作戦を考えている？」

「うーん、今のシーズンだったら、アナグマが絶品かな」

秋に実る木の実やキノコをたっぷり食べたアナグマは、脂が乗っていておいしい。

秋はウサギこそが絶品と貴族は言うが、個人的にはアナグマのほうがおいしいと思っている。

「アナグマか……」

アドルフの顔が若干引きつっている。食べたことがないようで、どんな味か想像できないのだろう。

「リオル、そのアナグマはどう調理するんだ？　そのまま焼くのか？」

「まあ、そうだね。調理法は焼く、かな」

「本当においしいのか？」

「いや、けっこう脂っぽいから、教師陣の受けは悪いかも」

若い教師であれば、焼いて香辛料をかけたものだけでも満足するだろう。

しかしながら、教師陣の平均年齢は四十代後半くらいか。脂の多い肉は胃もたれするに違いない。

「キノコと煮込んで、スープにしたらさっぱり食べられるかな」

「なるほど。目当てはアナグマとキノコだな。その料理の作り方はわかるのか？」

「アナグマを解体してもらえたら、まあ、なんとか」

「わかった」

アドルフは地図を目で追い、動線を考えているようだ。食材探しのリーダーを務めてくれるらしい。

「リオル、行くぞ！」

「はいはい」

そんなわけで、アドルフと一緒にレクリエーションに挑む。

森に行く前に、小住宅の鍵が手渡される。荷物を運び、動きやすい恰好に着替えるようにと指示を受けた。

木造、平屋建ての一軒家を前に、アドルフはボソリと呟く。

「これは、エルガーの小屋みたいだ」

エルガーというのは彼の使い魔であるフェンリルの名前だ。こんな立派な家を与えられているとは。

というかこれから二泊する家を、犬小屋みたいだと言わないでほしい。

「アドルフ、これは一般的な小住宅の規模だよ」

「そう、なのか。初めて知った」

お坊ちゃん育ちであるアドルフは、当然小住宅なんて知るわけもない。

私も初めてだが、知識としてそういうものがあると把握していた。

「リオル、入ってみよう」

「そうだね」

フェンリルは体が大きくて入れなかったので、バルコニーで待機だ。

鍵を開き、中へと入る。内部は二段に重なった寝台が置かれただけの、シンプルな室内だった。

「な、何もないではないか！」

「ここ、小住宅だから」

「最低限の設備はあると思っていたのだが」

「それは貸し別荘《コテージ》だよ」

宿泊訓練はあくまでも授業の一環だ。旅行のように快適な空間で寝泊まりできるわけがないのだ。

「本当に、ここで二泊もするのか？」

「するよ」

「暖炉や風呂、洗面所もないような場所で？」

「もちろん」

お風呂は温泉施設がある。そこで、身なりを整えるのだろう。

私は実家の別荘で済ませる予定だ。普段、私やアドルフは部屋に備え付けられているお風呂に入っている。アドルフなんかは集団で入浴するのは初めてではないのだろうか。アドルフは明らかに戸惑っている様子を見せていた。

寝台にはカーテンが付けられていて、着替えはなんとかなりそうだ。雑魚寝の可能性も考えていたが、想像よりはいい環境なのかもしれない。

「アドルフは寝台の一段目と二段目、どちらがいい？」

「別に、どちらでもいいが」

二段目を選んだら、「馬鹿と煙は高いところが好きだよね」なんて言おうとしたのだが……。さすが、学年次席といったところか。まあなんにせよ、二段目だったら突然アドルフが降りてきて驚く、ということもないだろう。ありがたく使わせてもらう。

「じゃあアドルフ、十分で着替えて集合でいい？」

「五分でもいい」

「じゃあ五分で」

お坊ちゃんはお着替えに時間がかかると思っていたのだが、そうではなかったようだ。心の中で謝っておく。

魔法学校の野外活動着は、普段、貴族がまとっている狩猟服に似たものである。タイを巻いたシルクブラウスに緋色《スカーレット》のジャケットを合わせ、白いズボン、黒いブーツを履くのがお約束だ。

急いで着替え、二段重ねの寝台から降りる。私から遅れること一分後に、アドルフが出てきた。

「リオル、出発前に互いの使い魔の能力について把握しておこう」

「うん、いいよ」

まずはアドルフの使い魔、フェンリルのエルガーについて教えてくれた。

「エルガーは氷属性で、魔法がいくつか使える。牙や爪は鋭く、物理攻撃も可能だ。

力持ちだから、荷物も運べる」

フェンリルはかなり有能な使い魔のようだ。

続いて、チキンについて説明する。

どこから自信が湧き出てくるのか、チキンは私の肩の上で胸を張っていた。

「この子、チキンは怖いもの知らずで、気性が荒くて、落ち着きがない。以上」

チキンは満足げな表情で、こくこくと頷いていた。

「リオル、その使い魔の能力は？」

「右ストレートと、嘴ドリル？」

「鳥が物理攻撃をするのか？」

「するよ。けっこう痛い」

チキンは毎晩私の寝台に潜り込んで眠るのだが、これがまあ、寝相が悪い。

何かと戦っている夢をみていたらしいときは、私のみぞおちにパンチしていたのだ。

一撃食らったあと、古代文字の課題で使う石版《タブレット》があったので、チキンと私の間に差し込んでおいた。一晩中パンチを受けていたら、内出血していたに違いない。

それにしても、フェンリルと比べてチキンの能力といったら……。正直、使い魔の能力としては下の下だ。雨魔法が使えるランハートのカエルのほうが、能力は上だろう。一応、チキンの名誉のため、付け加えておく。

「まあ、空が飛べるのだから、上空から偵察くらいできるかもしれないね」

「期待しておこう」

準備が整ったので、森を目指す。

小住宅街から森まで、徒歩三十分といったところらしい。

「エルガーの背中に乗ったら、三分で到着する」

一緒に乗ろう、と誘ってくれた。フェンリルは私も背中に乗せてくれるらしい。

乗馬の授業がそこまでよくなかったので、若干不安になる。

「毛の束を強く握っておけば落ちない。馬より安定しているから、安心しろ」

フェンリルは伏せの姿勢を取る。先にアドルフが跨がり、私に早く来いと手招きする。アドルフの前に座るらしい。恐る恐るといった感じで、背中に跨がった。

「わ、ふかふか！」

フェンリルの毛並みは信じがたいほどフワフワしていて、触り心地は極上だ。毛を摑んでも痛がらないので、しっかり持っても問題ないという。

『チキンの羽毛も、ふかふか――』

「はいはい、わかったから」

走行中、チキンを落としたら大変なので、ジャケットの胸ポケットに突っ込んでおいた。

「リオル、握ったか？」

「ああ」

アドルフがフェンリルの腹を踵《かかと》で軽く叩くと、立ち上がった。

「わっ！」

目線は馬よりも高い。本当に馬より安定しているのか。

「行くぞ」

「わかった」

そう返事したのと同時に、フェンリルはバルコニーから地上へ降りるために大跳躍をしてみせた。悲鳴はなんとか呑み込み、奥歯を噛《か》みしめる。

「舌を噛むなよ」

その言葉が合図となり、フェンリルは走り始めた。軽やかに駆け、景色はめくるめくように変わっていく。楽しむ余裕なんてない。振り落とされないように、しがみついておくので必死だった。

フェンリルは風のように走る。あっという間に森に到着した。

途中、生徒たち数名とすれ違った。背中に乗って移動できる使い魔はアドルフのフェンリルだけだったので、森への到着は一番乗りだったわけだ。

グリンゼルの森は全域柵に囲われていて、内部はきちんと管理されているらしい。そのため、魔物が出現しないと言われているようだ。

「リオル、どこから行こうか？」

「獲物は持ち歩いていたら傷みそうだから、最後かな」

「そうだな」

アドルフはチェックポイントも制覇するつもりらしい。さすがに、森の中はフェンリルに乗れない。徒歩ですべて回るつもりのようだ。

きちんと方位磁針を持参し、地図を険しい表情で眺めている。

チェックポイントは全部で六カ所。

木の実エリア、キノコエリア、魚エリア、狩猟エリア、森菜《しんさい》エリアに天然水エリア。

「ここから一番近いのが、木の実エリアだな。そこから回っていくか」

「了解」

なるべく食材集めに時間をかけたくない、という方針は私とアドルフの中で固まっていた。こういうとき、他のクラスメイトだったら「気楽にやろうぜ！」とか言って、釣りを楽しんでいたに違いない。

急ぎ足で木の実エリアを目指す。すると、真っ赤な実を生《な》らしたイチゴを発見する。

甘い匂いが辺り一面に漂っていた。

「これは――」

「ヘビドクイチゴ、食べられない」

「ああ、これがそうなのか」

毒と名が付いているものの、食べても死ぬわけではない。軽く腹を下す程度だ。いい匂いがするので、食べてしまう人があとをたたないため、毒の名が付けられたのだという。さらに、毒へビが好んで食べるから、というのも由来のひとつだ。

アドルフはヘビドクイチゴというものがあるのは暗記していたものの、どれがそれに該当するかまでは知らなかったという。

「教科書ってさ、情報のみ書いてあって、参考図がないものも多いよね」

見た目の絵などがないときは、図書館に行って調べていたのだ。

「そういえばリオルの参考書には、参考図がないものの絵が差し込まれていたな。ずいぶんと上手かったが、あれは自分で書いたのか？」

「見よう見まねだよ」

「なるほどな。お前は本当に勤勉な奴だ」

「アドルフには敵わないけれどね」

奥までいくと、低い木に実ったベリーを発見した。

「あっちはグースベリー、そっちはクランベリー、あれはブラックベリーにラズベリー。向こう側にあるのは――」

ベリーの旬は夏や秋とそれぞれ異なるものの、ここにあるものは魔法で生育管理がされているようだ。そのため、ベリーの楽園のようになっている。

食後のデザートとして食べるため、生食に向いているベリーを摘んでおく。

さらに先に進むと、教師が待ち構えていた。

「おお、お前たちが一番だ。さすが、首席と次席のコンビだな」

フェンリルのおかげで、木の実エリアの一番を取れたのである。地図を広げると、スタンプを押してくれた。

教師はカゴを覗き込み、ヘビドクイチゴがないか確認する。

「よしよし。妙なもんは入れていないな。何がダメだったかわかったか？」

「ヘビドクイチゴ」

「そうだ」

毎年、レクリエーションをするさいに、生徒は必ずヘビドクイチゴを食べてしまうらしい。

「授業のたびに、自生している植物は専門家の確認なしに口に入れてはいけないと言っているのに、あいつらは聞く耳を持たん」

身をもって学んでもらうために、ヘビドクイチゴについては特に注意しないという。

そういう目論見があるので、薬を全生徒に渡していたのだな、と納得してしまった。

教師と別れ、次なる目的地を目指す。

「次はキノコエリアだ」

そこは食べられるキノコの他に、猛毒を持つキノコが生えていることだろう。

「キノコも正直自信がないな。リオルはどうだ？」

「僕は選択授業で魔法キノコの学科を選んだからね」

「あれを選んだ奴っていたんだな」

「いたよ。僕ひとりだったけれど」

その知識が、今役立つとはまったく想定していなかった。

キノコエリアでは、食材の臭い消しに最適な香り茸《きのこ》と肉料理と相性がいいコショウ茸を入手する。それ以外にも、旬のキノコを手に入れた。

　ここでも、チェックポイントで教師からスタンプを貰った。

「次！　魚エリア」

　ここには、生徒が数名いた。入り口からまっすぐ進むと、比較的早くここに辿り着くのだ。大きな池のほとりには、小屋があった。そこで釣り竿《つざお》を借りられるらしい。

　皆、楽しそうに釣りをしていた。

「アドルフ、どうする？」

　私たちは釣りに関しては未経験である。他の生徒も、そこまで釣れているようには見えない。

　食材を入手しないとスタンプが貰えない。何か仕掛けを作って帰りがけに回収しようか。なんて考えていたら、アドルフがぬかるみのほうを指差す。

「何かあるの？」

「おそらく、あるはずだ」

　フェンリルはぬかるみに足を取られたら大変なので、池のほとりで待機を命じた。

　慎重な足取りで近づき、ナイフで泥を掘り起こす。途中でカツン、と硬いものに当たる音がした。アドルフは手袋を装着し、泥を掘り返す。

「あった！」

出てきたのは、大きな貝だった。

「それは、もしかして大黒貝《おおぐろがい》？」

アドルフは深々と頷く。以前、生物図鑑で読んだ大黒貝の生息地を記憶していたらしい。泥臭いが、味はおいしいと聞いたことがある。

「これ、僕の腕ではおいしく調理する自信はないんだけれど」

「安心しろ」

アドルフは魔法で水球を作りだし、そこに獲れた大黒貝を入れる。水に風魔法を加えると、くるくる回り出した。すると、瞬く間に水が真っ黒になる。

「あ、泥抜きしたんだ」

これればかりは、さすがだと思ってしまう。魔法と魔法を掛け合わせるのは、高い技術と集中力を必要とするのだ。まさかそれを、アドルフが軽々とやってのけるとは。

魚エリアでは、大黒貝をいくつか入手した。

アドルフが採取用の瓶を持ってきていたので、そこに大黒貝を入れる。

塩水に浸けておくと、さらなる泥抜きの効果があるらしい。池の番人から塩を分けてもらい、瓶にさらさらと入れておく。

魚エリアにいた教師が大黒貝を見て「それが大正解だ」と言っていた。

「実を言えば、ここの池で一番おいしいのは大黒貝だ。池の魚は泥臭くて食べられるもんじゃない。塩水でしっかり泥抜きしておけば、極上の味わいになる」

これから池の魚料理を食べさせられる教師を思うと、なんとも切なくなる。

生徒たちは良家の子息ばかりで、調理なんてできるわけがない。きっとシンプルに焼いただけの魚を出してくるのだろう。

泥抜きしていない魚を食べさせられるなんて、想像しただけでもゾッとしてしまった。心の中で教師にエールを送りつつ、魚エリアを離れる。

木の実エリア、キノコエリア、魚エリアと順調に素材とスタンプを集めていく。

近くにある狩猟エリアを飛ばし、森菜エリアにやってきた。

森菜というのは、森に自生する野菜のような植物である。

ここでは野草人参《やそうにんじん》に小玉葱《こたまねぎ》、キャベツ草を発見。スープの材料にするために取っておく。

教師のスタンプを貰い、森菜エリアは制覇した。

天然水エリアは狩猟エリアの帰り道にある。そのため、最後に回した。

狩猟エリアに到着する。ここは囲いの中にあった。

管理人から猟銃と獲物を入れる麻袋を借り、猟犬はフェンリルがいるという理由で断っていた。狩猟小屋で待機していたスタンプ係の教師から、このエリアについての説明を受ける。

「ここは熊や大角鹿といった大型の獲物はいない。けれども、絶対に安全とは言い難《がた》い。決して油断はしないように」

教師の話が終わったら、狩猟エリアへ足を踏み入れる。

猟に使う散弾銃を使うのは一年ぶりくらいか。二学年のときに狩猟の講習があり、校外授業として狩りをしたのだ。

小型の獲物を狙うときは、この散弾銃を使う。

散弾銃は一発で多数の弾を飛ばす銃で、素早い小型の獲物を仕留めるのに適している。散弾銃で大型の獲物を仕留めるのは至難の業と言えるものの、弾が散らない一発弾《スラッグ》というものがあり、これを散弾銃で使えば大型の獲物を仕留められるのだ。

魔法学校なので攻撃魔法で獲物を倒すものだと信じて疑わなかった。けれども、攻撃魔法は魔物以外に向けてはいけないらしい。ならばなぜ、魔法学校で狩猟について習うのかというと、紳士教育の一環なのだという。

アドルフと共に散弾銃を手に、狩猟エリアを進んでいく。ひとまず、獣の臭いをフェンリルに探ってもらっていた。フェンリルはアナグマの臭いを知らないので、ピンポイントで探すのは難しいだろうが。

フェンリルにはウサギやイノシシでない、小型動物の臭いを探るようにとアドルフが命じている。知能が高いので、アドルフの言うことは理解しているらしい。

大きなフェンリルは威圧感があるものの、姿勢を低くし、くんくんと地面の臭いをかぐ姿は完全に犬だった。

「リオル、アナグマはどういうところにいるのだ？」

「名前のとおり、穴を掘って暮らしているんだけれど」

巣穴は草木に紛れて発見しにくい。目視で発見するのは無理だろう。

「エルガーがアナグマの臭いを知っていたら、すぐに発見できたんだけどな」

「アナグマは諦めて、ウサギにする？」

「いいや、まだ諦めたくない」

一時間ほど探し回っただろうか。アナグマは発見できないまま、時間だけが過ぎていく。あと一時間半ほどで、森の外に出ないといけない。天然水エリアに立ち寄ることと入り口まで戻る余裕を考えたら、ここで使えるのはあと三十分くらいだろう。

「ねえ、アドルフ。やっぱり――」

『ふわ――、よく寝たちゅり！』

私のポケットの中で眠っていたチキンが、もぞもぞと出てくる。

『ん？　今、何をしているんでちゅり？』

「アナグマの巣を探しているの。でも、なかなか見つからなくて」

『だったら、チキンが探してくるちゅり！』

「え？」

どうやるのかと聞いたら、上空から探すという。なんでもチキンは視力がとてつもなくいいらしい。初耳である。

寝起きのチキンだが、力強い飛翔《ひしょう》で天高く昇っていく。

しばし飛び回っていたが、戻ってきた。

『アナグマの巣、あったちゅり！』

「えっ……発見できたんだ」

木々が入り組んでいる場所にあるようで、フェンリルは入れないという。

「では、エルガーはここで待機させておこう」

フェンリルは耳をぺたんと伏せ、しょんぼりした様子を見せていた。

こんな反応を見たら、可愛いかも、と思ってしまう。

「リオル、行こうか」

「うん」

歩くこと五分、アナグマの巣らしき穴を発見した。

『あっちが入り口、そっちが出口でちゅり』

「チキン、偉い！ 巣穴に入って、アナグマを出口に誘導できる？」

『任せるちゅり！』

チキンが入り口からアナグマの巣に入り、追いやってくれるという。私とアドルフは出てきたアナグマを散弾銃で仕留めるのだ。

『では、いくちゅりよ！』

これまで寝ていた使い魔とは思えない頼もしさであった。

チキンが巣穴に入るのと同時に、私とアドルフは銃を巣穴の出口に向けた。

待つこと三分ほど。地中で大騒ぎとなっているのか、わずかな震動を感じた。

ここで、チキンの声が聞こえる。

『今でちゅり!!』

次の瞬間には、アナグマが巣から飛び出してきた。

アナグマは森の開けたほうへ走って行く。

私とアドルフは同時に引き金《トリガー》を引いた。パシュという銃声と共に、弾が撃ち出される――が、アナグマは回避してしまった。

「もう一発――」

「いや、待て」

アドルフに何か考えがあるようだ。

「エルガー！」

アドルフが使い魔であるフェンリルの名前を呼ぶと、美しい白銀の狼が魔法陣の中から出てくる。開けたこの辺りならば、エルガーも活躍できるだろう。

「アナグマを追え！」

命令すると、素早く走り回るアナグマを追い詰める。けれども、途中で穴の中へと入り込んでしまった。

『逃がさないちゅりよ！』

再度、チキンが穴へ潜り込み、アナグマを追いかけていく。エルガーは地面をくんくん嗅ぎ、アナグマがどこにいるのか調べているようだ。

少し離れた穴から、アナグマが飛び出してくる。このタイミングで、エルガーが飛びかかった。前足でアナグマを捕獲する。

「エルガー、やったぞ！」

褒められて嬉しかったのか、エルガーは尻尾を左右に振っていた。

アドルフは獲物を回収し、袋の中に入れる。

「毛並みがきれいで小柄だから、若いメスかもしれない」

「だったらおいしいかも」

チキンが土だらけになって戻ってくる。

『どうだったちゅりか？』

「いい獲物を仕留めたよ」

『よかったちゅり！』

ひとまずチキンの土を払い、ハンカチで拭ってあげる。バンガローに戻ったら、水浴びさせてあげたい。

「よし、リオル、戻ろうか」

「そうだね」

ちょうど三十分で戻ってこられた。教師はアナグマを仕留めた私たちを評価してくれた。

「夜行性のアナグマを、よく捕まえられたな」

「使い魔の活躍があって」

「そうか、そうか」

狩猟エリアのスタンプを貰うと、急いで天然水エリアに向かう。革袋の水筒に水を確保し、スタンプを得た。これで、すべてのスタンプが集まったわけである。

私とアドルフは時間内に森を脱出した。

森の出入り口にいた教師に、スタンプを押した地図を提出した。

「よしよし。時間内に戻ってきたな。スタンプも――全部ある」

私たちで最後だったらしい。他の生徒たちはすでに戻ってきたという。

「皆、首席と次席コンビに勝ったなんて言っていたがな。これは速さを競うものではないのに」

たしかに。食材の状態や品質を見て評価するという話だったので、速さで私たちに勝ったつもりになるのは間違いだろう。

「これが報酬だ」

スタンプをすべて集めた者のみ手に入れられるのは、湖で使えるボート券だった。

手渡されたものには、〝スワンボート券〟と書いてある。

「え、スワンボートって何？」

「リオル、お前、スワンボートを知らないのか？」

アドルフは驚愕の表情で私を見つめる。

「知らない。初めて聞いたんだけれど」

「スワンボートは、去年、湖水地方に取り入れられた、白鳥型のボートだ。愛らしいと評判で、女性陣に人気が高いらしい」

「へー、そうなんだ。詳しいね」

「まあな。明日、リオニー嬢を誘うつもりだったから」

その話を盗み聞きしていた教師が、一言物申す。

「おい。明日は、スワンボート券は魔法学校の生徒には販売されないぞ」

「な、なんだと!?」

教師相手に目をくわっと見開き、凄《すご》み顔で睨みつける。その迫力に、教師すらたじろいでいた。

なんでもスワンボートは観光客用なので、生徒には販売しないようだ。

「そうか。追加購入はできないのか……」

アドルフはしょんぼりしていた。よほど、スワンボートに乗りたかったのか。

「だったらこれ、僕の分をアドルフにあげる。これで、姉上とスワンボートに乗ってくればいいよ」

「リオル、いいのか？」

「いいよ」

リオルとリオニーはどちらも私なので、まったくもって問題ない。アドルフは何を思ったのか、スワンボート券ごと私の手を握る。

思いがけない行動にギョッとしたのと同時に、カーッと顔が熱くなっていくのを感じた。突然、何をしてくれるのか。アドルフのほうを見ると、感激した様子でいた。

「リオル、この恩はかならず返す！」

「わかった。わかったから、手を離して」

思いのほか、アドルフの手は大きくてごつごつしている。

以前、リオニーとして会っているときに、手と手を触れ合ったことはあった。けれどもこうして素手に触れたのは初めてだったのだ。

彼も十八歳。世間的には成人男性なのである。入学時の少年のようなイメージが強いため、びっくりしてしまった。

突然の行動に戸惑ってしまったが、アドルフに恩を売れたので、まあよしとしよう。

魔法学校の教師陣たちが集まる用地《サイト》に行き、食材チェックをしてもらう。

「うん、うん……生食可能なベリー類に、キノコ、大黒貝、森菜に獲物はアナグマ！

食べられない食材はひとつもない。合格だ」

全生徒の中で、アナグマを仕留めたのは私たちだけだったようだ。

「本当に素晴らしい！　集めた食材だけであれば、君たちがトップだ！」

アドルフと顔を見合わせ、ハイタッチする。ただ、このあとに調理とレポートの提出がある。まだまだ油断できない。

「アナグマは魔法生物学の先生に解体してもらうように」

指さされたテントに向かうと、中から魔法生物学の教師、ロータ―先生が顔を覗かせる。白衣をまとっていたのだが、全身血まみれだった。三学年、全生徒分の獲物を解体していたら、そうなるのも無理はないのかもしれない。

続けて、使い魔であるアライグマ妖精が出てきた。彼らにも血が付着していた。ひとりではなく、使い魔の手を借りて解体をしていたようだ。

ロータ―先生はパッと表情を明るくさせ、私たちに話しかけてきた。

「あ、アナグマですね!!　今日、初めてです!!」

魔法生物学の教師なので精霊や妖精が好きなのかと思っていたのだが、ロータ―先生は生き物全般を愛しているらしい。

「ああ、そうそう。秋に獲れるアナグマの皮下脂肪は分厚くて。ああ、きれいだな。

この脂肪で冬を越すんだ」

ローター先生は解体しながらボソボソ呟いているが、真面目に聞かなくてもいい内容だろう。ナイフを握って解体しつつ話す様子は、かなり不気味だった。魔法学校の教師は、変わり者が多い。改めて思ってしまう。

ローター先生は使い魔の手を借りつつ、部位ごとに切り分けてくれた。

比較的大きな個体だったので、可食部位は思っていたよりもあった。骨はスープに使うので、肉とは別に取り分けてもらう。

「あ、あの、毛皮や眼球、脳みそ、内臓はいりますか？」

私とアドルフは、同時に首を横に振ったのだった。

あとは、これを調理するだけである。

小住宅利用者専用の野外調理場では、すでに多くの生徒が調理を開始していた。

あるところでは大きな火が立ち上り、あるところでは焦げた臭いが漂う。

ぎゃー！　という悲鳴も聞こえ、この場は混沌《こんとん》と化していた。

異様な空気に、アドルフは信じがたいと言わんばかりの表情を浮かべていた。

「リオル、料理は悲鳴をあげながらするものなのか？」

「違うと思う」

手順と火加減さえ守っていたら、あのように悲鳴を上げることもない。そう伝えると、アドルフは安堵の表情を浮かべていた。

そろそろ太陽が傾きかける時間帯である。急いで調理しなければならないだろう。

使っていない調理場に食材を広げていく。

「俺は何をすればいい？」

「アドルフは窯に火を作っていて」

もちろん、魔法で火を点《とも》す。魔力を制御し、一定の力で火魔法を常時展開させるのは至難の業だ。けれども、実技魔法の成績が常に一位だったアドルフにとっては簡単なことだろう。

こういう点火させるだけの火魔法は、攻撃魔法に該当しないので、使ってもいいらしい。あくまでも禁止なのは、殺傷能力が高い魔法なのだ。

私は調理道具を借りに行く。さまざまな種類の鍋が用意されていたが、その中にあった魔石圧力鍋を手に取った。

これは時間がかかる煮込み料理を短時間で作る、すぐれた魔技巧品だ。他に、ボウルやまな板、包丁などをかき集める。必要最小限の調味料やミルクも置いてあり、ありがたく使わせてもらう。

両手に調理道具を抱えた状態で、アドルフのもとへ戻った。

「リオル、火加減はこれでどうだ？」

窯の中で、炎がゴウゴウと巻き上がっている。

「えっと、それの三分の一以下の火力でお願い」

「わかった」

皆、こんな感じのテンションで調理していたのだろう。悲鳴が上がるのも無理はなかった。

調理場には水が引かれていて、蛇口を捻ったら水が出てくる。浄化魔法がかけられている水のようで、そのままでも飲めるらしい。

「アドルフ、森菜の土を落として、きれいに洗って」

「わかった」

なんでこの俺が！　と言われるかもしれない、と思ったものの、アドルフは素直に応じてくれた。

その間に、私は別の調理に取りかかる。アナグマの骨と肉の一部を煮込まなければならない。

魔石圧力鍋に骨と筋張った肉の部位を入れ、水を注ぐ。ここにアドルフが丁寧に洗ってくれた野草人参と小玉葱を皮ごと入れる。他に、道中で摘んだ薬草や香草を入れ、しばし煮込む。

通常であれば十時間以上煮込むのだが、魔石圧力鍋だと三十分で済む。本当に便利な品だ。

続いて、アナグマの串打ちを始める。

「僕は肉を切るから、アドルフはボウルにミルクを注いでおいて」

「承知した」

これは、私たちが食べるための串焼き肉だ。

取っておいた柔らかい部位を切り分け、臭み消しのためにミルクにしばし浸ける。

肉をミルクが入ったボウルに放り込んだので、アドルフは驚いた表情で私を見つめていた。

「リオル、これはミルク味の肉なのか？」

「違うよ。こうしてミルクに浸けておくと、肉の臭みが消えるんだ。それだけじゃなくて、肉自体も柔らかくなる」

「そのような手法、よく知っていたな」

「まあね」

これは慈善活動で養育院に行ったときに、教わったものである。やわらかくていい肉は買えないので、安くて硬い肉をやわらかくして食べようという暮らしの知恵だった。

ミルクに浸けた肉を水で洗い、ひとつひとつ串打ちする。アドルフが真剣な眼差《まなざ》しで、鉄串に肉を刺していた。

味付けは塩コショウ、それから乾燥薬草をぱらぱらと振りかける。アナグマの串焼きの下ごしらえはこんなものでいいだろう。布をかけ、食品保存用の氷の傍に置いておいた。

そろそろスープがいい頃合いだろう。

魔石圧力鍋の蓋を開けると、白濁したスープが完成していた。骨やくたくたになった野菜、肉を取り除く。肉はカットして、鍋に戻した。新しく野草人参、小玉葱やキャベツ草を加え、キノコ類もカットして入れる。ぐつぐつと煮立ち、食材すべてに火が通ったら、塩コショウ、香辛料などで味を調える。

「アドルフ、味見をしてみよう」

「そうだな」

アドルフにとって、アナグマは未知なる食材である。小皿に注いだスープを前に、緊張の面持ちでいた。スプーンでスープを掬って食べる。

「――っ!!」

アドルフの瞳がカッと見開いた。その反応だけでは、おいしいのかそうでないのかよくわからない。

「アドルフ、どうかな？」

「これは、信じられないくらいおいしい。さっぱりしているのにコクと深みがあって、品すら感じる。極上のスープだ」

お口に合ったようで、ホッと胸をなで下ろす。

思っていた以上にたくさんできたので、中くらいの鍋に移して教師たちのもとへ運んだ。

拠点に待機していた教師陣は、総じて顔色が悪かった。その理由は、生徒たちが作った料理にあるのだろう。私たちの前にも、料理を運んできた生徒がいた。

「題して、〝池の魚を油にどーん〟です」

見た目は焦げている上に、泥抜きされていない魚である。すでに同じような料理を食べてきた教師が、涙で訴えた。

「お前たち、私に嫌がらせをするために、こんなものを作ってきたんだろう？」

「違うって」

「一生懸命作ったんだ」

見た目は焦げているが、中の身は大丈夫なはず。そう言って、料理を勧めていた。

教師がナイフで焦げをそぎ落とし、器用に身を切り分ける。

「半生《はんなま》……」

隣に座っていた別の教師が、「食べないほうがいいです！」と叫んだ。

けれども、制止を無視して教師は食べる。

「ウゲロロロロロロロ!!」

あらかじめ用意していた袋に、口の中に入れたばかりの魚を吐き出した。

「先生のほうが酷いじゃん!!」

「すぐに吐くなんて!!」

「酷いのはお前らだ!! こんなもん食ったら死ぬ!!」

こういうのを繰り返していたため、教師陣はすっかり憔悴《しょうすい》しきっているというわけだった。料理を持ってくるのは、私たちで最後らしい。教師のひとりが蚊の飛ぶようなか細い声で、「次」と言う。

「第三学年、一組、出席番号一番、リオル・フォン・ヴァイグブルグ」

「同じく、出席番号二番、アドルフ・フォン・ロンリンギア」

「お、おお、首席と次席コンビか！」

いい食材を持ち帰っていたという話が届いていたらしい。

教師たちは救世主を見るような視線を送ってくる。

「料理は、アナグマのスープ、です」

アドルフはナプキンを広げ、皿とスプーンを置く。そこに、アナグマのスープを注いだ。

「こ、これは――！」

ゾンビのように顔色を悪くしていた教師陣が、わらわらと集まってくる。

そして、アナグマのスープを覗き込むと、口々に感想を述べた。

「ああ、ちゃんとしたスープだ」

「これまでの生徒が作ってもってきた、泥スープではない」

「なんておいしそうなんだ」

泥スープとはいったい……？　聞いただけで不味《まず》そうだ。

「では、いただこう」

固唾を呑みながら、試食を見守る。教師はスープを掬い、ごくりと飲んだ。

眦《まなじり》から、つーと涙が伝っていった。

泣いている。大の大人が、料理を食べて涙を流していた。

「う、うまい!! うますぎる!!」

そこから一言も発さずに、ごくごくとスープを飲み続けた。他の教師たちも我慢できなかったようで、アナグマのスープを飲みたいと訴えてくる。

鍋ごと持ってきていたので、全員にスープは行き渡った。アナグマのスープを完食した教師は、ぼんやりしつつ呟く。

「俺は、夢をみているのだろうか。生徒のクソ不味い料理を食べ過ぎたせいで、気を失った？」

夢だと錯覚するくらい、アナグマのスープはおいしかったという。

教師は大粒の涙を流しつつ、頭を下げる。

「もう、来年からは生徒に料理なんてさせない。この身をもって、学習した」

教師一同、頷く。ただひとり、魔法生物学のローター先生だけは来年もやっていいと言っていた。解体のおかげで、研究資料がたっぷり集まったらしい。

「やりたいときは、ご自身の授業でやってください」

実行は自己責任で。自分以外の教師全員から責められた魔法生物学の教師は、ひとりきょとんとしていた。

料理部門でも、私たちは学年一位と評価される。

あとは、レポートにまとめるだけ。

「レポートの提出は明日の朝だ。結果は三日目の朝に出る。楽しみにしておくように」

教師の話に深々と頷く。

このあとは、お楽しみの夕食の時間である。

夕食はペアになった生徒と小住宅の前で野外炉料理《バーベキュー》と決まっていた。初めて聞く言葉だが、グリンゼルで人気を博しているらしい。

先ほどの野外料理とは異なり、肉や野菜、パン、チーズなどの食材は学校側が用意している。

男子生徒が集団になれば、盛り上がって騒いでしまうので、ペアでやることになっているらしい。

ペア以外の生徒とは接触厳禁。つまり私はアドルフと共に食事をすることとなる。

「リオル、食材を貰いに行こう」

「うん、わかった」

アドルフはごくごく自然に私に微笑みかけ、提案してくれた。取り巻きに囲まれているときには絶対に見せなかった表情である。

私たちは本当に、以前の関係ではなくなってしまったのだろうか？

わからない。

けれども、一緒にいるときに居心地がよくなったのは確かであった。

教師が宿泊する小住宅の前に、野外炉料理の食材と焚き火台《たきびだい》、網、薪、火起こしセット、火鋏《ひばさみ》、トングなどが用意されていた。

監督する教師が注意事項を呼びかけている。

「ステーキ肉はひとり一枚まで。野菜はきちんと持って行くように。パンは三つまで、チーズはふた欠片までだ」

食材が山盛りにおいてあり、自分で取り分けて行くようだ。

「リオル、俺は焚き火台と道具を持つ。お前は食材を頼む」

「了解」

生徒が食材にわらわらと群がっているが、間をすり抜けて自分たちの分を確保していった。

焚き火台などを持ったアドルフと共に小住宅へと戻る。

いろいろしているうちに、太陽は沈んでいた。外は真っ暗だが、アドルフが光魔法で灯《あか》りを作ってくれたので、視界はしっかり確保されている。

「アドルフ、光魔法、上手いね」

「まあ、個人的にちょっと勉強したから」

「ふーん、そう」

バルコニーに焚き火台を設置したアドルフは、薪を山盛りにする。

「アドルフ、それはちょっと」

「違うのか？」

「全然違う」

火は空気を含ませたほうが燃えやすい。そのため、ぎっちり重ね合わせたら、火が燃えにくくなってしまうのだ。

「なるほど、そういうわけか。火魔法の原理はわかるのに、物理的に発生させる火についての知識はからっきしだった」

「最初から知っている人はいないから」

ちなみに、野外炉料理は先ほどの課題の調理とは異なり、火魔法の使用は禁じられていた。野外料理の大炎上を見て、薪を使うように変わったのかもしれない。

火起こしは養育院で何度か行った私が担当する。

アドルフが「俺は役立たずだ」としょんぼりするので、ある仕事を頼んだ。

「ねえアドルフ、その辺に針葉樹の枝が落ちていたら拾ってきて」

「枝なんかなんに使う？」

「着火剤として使うんだ」

針葉樹には着火を助ける樹脂が多く含まれている。薪だけでは火を点けることは難しいのだ。

「わかった。針葉樹だな？　すぐに集めてこよう」

アドルフがバルコニーから飛び出すと、フェンリルも大跳躍を見せて続く。

この辺りは針葉樹だらけなので、すぐに集まるだろう。

火鋏とトングを縛っていた麻紐を手に取り、裂いて解《ほぐ》していく。これも、着火の際に使うのだ。

アドルフが針葉樹の枝の束を持って戻ってきた。

「リオル、まだ必要か？」

「十分だよ。ありがとう」

フェンリルが手伝ってくれたので、短時間でたくさん集められたらしい。枝拾いまできるとは、かなり賢い。

フェンリルを偉いと褒めていると、これまでポケットの中で眠っていたチキンが顔を覗かせる。

『チキンも、針葉樹の枝くらい集められるちゅり』

「だったら、チキンは広葉樹の枝を集めてきてくれる？」

『了解ちゅり！』

広葉樹はここから少し離れた場所にある。薪があるので必要ないが、何かしたいお年頃なのだろうと察知したので、仕事を頼んでみた。

「おい、リオル。広葉樹の枝はなんに使うのだ？」

「広葉樹はじっくりゆっくり燃えるんだ。だから、火が安定してきたときに入れる用かな」

「なるほどな。木の種類によって、用途が異なるというわけだ」

「そうそう」

焚き火台に薪を積み、上にアドルフが持ってきてくれた針葉樹の枝を並べていく。

さっそく、火を点けよう。革袋に入れられた火起こしセットの中身は、火打ち石《ストライカー》と金属棒《ロッド》である。

金属棒で火打ち石を擦り、火花を起こす。このときに発生した火花から、大きな火を作るのだ。

「アドルフ、やってみる？」

「ああ」

「この解した麻紐に向かって、火を落として」

金属棒を素早く火打ち石に擦《こす》りつけるだけだと説明したのだが、アドルフは苦戦していた。

「くっ……！　魔法であれば、一瞬で火が点くのに！」

「本当に、そうだよね」

五分ほど奮闘した結果、火花が散った。運良く麻紐に落ち、小さな火が灯《とも》る。

ふーふーと息を吹き込むと、火が大きくなっていった。

「リオル、火を置け！　火傷《やけど》するぞ！」

アドルフに急《せ》かされながら、火を置いた。針葉樹の枝のおかげで、火はすぐに大きくなる。

強い風が吹いたが、火は消えない。

暗闇の中に火の粉が舞って美しかった。思わず見とれてしまう。

アドルフも同じことを考えているのか、しばしふたりで火を眺めてしまった。

ぼんやりしている間に火が安定してきた。チキンが持ってきてくれた広葉樹の枝を追加しつつ、焚き火台に網を置く。

「まずはアナグマを焼いて食べてみよう」

「ああ、そうだな」

食事は野菜から食べるようにと習ったが、今日ばかりはマナーに目くじらを立てる教師はいない。監督生であるアドルフも、同意してくれた。そんなわけで、先ほど串打ちしていたアナグマの肉を網の上に置く。

ジュウジュウと音がするのと同時に、肉の焼けるいい匂いが漂ってきた。

脂がたっぷりあるからか、網から滴り落ちていく。そのたびに、薪がボッと音を立てて火が燃え上がった。

両面よく焼いていく。あまり食べ慣れない獣の肉なので、しっかり火を入れておきたい。焼けていそうな串を手に取り、ナイフで切ってみる。

「うん、いいかな」

アナグマの串焼きが完成した。

初めて自分で仕留めたアナグマである。ドキドキしながら頬張った。

脂がジュワッと溢れ、肉の旨《うま》みを感じる。よく嚙むと、ほんのり甘さも感じた。

やわらかくて、とてもおいしい肉だ。

アドルフはどうだろうか？　ちらりと横目で様子を見る。

「なんだ、この肉は……！」

それだけ零し、もう一口頰張った。目を閉じ、アナグマの串焼きを堪能しているように見える。感想を聞かずとも、おいしいというのがわかった。

それから私たちは、無言でアナグマの串焼きを食べる。

あっという間に完食してしまった。

「アナグマがこんなにもおいしいとは思わなかった」

「本当に」

「正直、ゲテモノ食いと思っていたのだが……」

私も昔、父が狩ってきたアナグマを食べる前は、そういうふうに思っていた。

「貴族の間でおいしさが伝わらないのは、アナグマが夜行性だからだろうな」

「たぶん、そうなんだろうね」

ちなみに父は、知人からアナグマ猟を教えてもらったらしい。

「今日、チキンがしていたみたいに、アナグマ猟は巣穴にフェレットを入れて、地上に追い出すんだって」

「なるほどな」

猟犬ならぬ、猟フェレットがいないと、アナグマにありつけないようだ。

続けて、アナグマのスープの残りを温めつつ、次なる調理に取りかかる。

選んだ食材は、泥抜きしていた大黒貝である。

四つ獲れたので、ひとりにつきふたつずつ。拳ほどの大きさがあるので、食べ応えがありそうだ。

アドルフが魔法で洗浄したあとも、泥を少し吐き出していた。再度よく洗って網の上に置く。

少し火が通ると、殻が開いてきた。さらに時間が経つと、パカッと開く。身の上にバターを置いて焼いていく。

バターが溶け、殻の中でぐつぐつ音を立て始める。そろそろいい頃合いだろう。

身の下にナイフを差し込み、殻と分離させたものをアドルフへ渡した。

「熱いから気を付けてね」

「わかっている」

念のため注意したにもかかわらず、アドルフはあまり冷まさないで頬張ったようだ。

顔を真っ赤にさせつつ食べている。

「熱い‼ しかしおいしい‼」

「うん。一口嚙んだ瞬間、スープかってくらいの旨みがじゅわっと溢れてきたね」

泥まみれだった貝がこんなにおいしいなんて。丁寧な泥抜きの効果か、まったく泥臭くなかった。身はプリプリしていて、味わい深く、ほんのり効いた塩っけがいい。

ぺろりと完食してしまう。

続けてアナグマのスープを飲み、少しだけ胃を休める。

その後も、肉や野菜を焼いて食べ、お腹がはち切れそうだった。

こんなにお腹いっぱい食べたのは初めてである。

バルコニーにはデッキチェアが置かれていて、寝転がれるようになっていた。

先にアドルフのほうが横になっており、ぼんやりと夜空を眺めている。私も隣に腰を下ろした。

「アドルフは、こういうのしない人かと思っていた」

「食事のあとに寝たら、教育係に注意されるからな。でも、今日は目くじらを立てる者はいないから」

そうだったと思い、私も寝転がる。

「あ！」

頭上には満天の星が広がっている。こんなにたくさんの星を見るのは初めてだ。

「嘘みたいにきれい」

「だろう？　王都は灯りが多い上に、工業が盛んだから、このようにたくさんの星は見えない」

しばし眺めていたら、星の粒が夜空を流れていく。

「あ、流れ星だ！」

「今日はよく流れているみたいだ。もう、十個も見た」

「そんなに――あ！　アドルフ、願い星って知ってる？」

「なんだ、それは？」

「流れ星に願いを込めると、叶えてくれるっていうやつ」

「知らない」

そんな話をしているうちに、また星が流れていった。

「アドルフ、願い星をしてみない？」

「そうだな」

じっと夜空を眺め、流れ星が見えると願いを込める。

一瞬にして、流れ星は消えてなくなった。

「リオル、お前はなんと願った」

「魔法学校を無事、卒業できますように」

「堅実だな」

私の人生でもっとも楽しく、輝かしい時間だ。途中で断念なんてしたくない。

私のささやかな願いだった。

「アドルフは何をお願いしたの？」

「幸せな家庭を築きたい」

その願いは、いったいどういう意味なのか？

たぶん、私と結婚して——という願いではないのだろう。

頭の上から冷や水をかけられたような気持ちになる。

今の今まで、アドルフの想い人について調査することを失念していたのだ。

私はごくごく普通に、宿泊訓練を楽しんでいた。

こんなつもりではなかったのに。

同時に、これまで不確かだった感情に気付く。もうすでに、アドルフに対して気を許していたのだ。

だから、手放しに楽しんでいたのだろう。

どうしてこうなってしまったのだろうか？　これまでのいがみ合う関係でいるほうがよかったのに。

希望に満ちた表情でいるアドルフに、言葉を返す。

「……叶うといいね」

「ああ」

その言葉を最後に、アドルフと私は黙って夜空を見上げる。

希望と絶望。

それぞれ別のことを考えているのは明白だった。

その後、協力して後片付けをし、一時間でレポートをまとめる。

それぞれ役割を決めて分担したからか、想定よりも早く終わった。

あとは、お風呂である。

「アドルフ、僕は別荘にあるお風呂に入ってくる」

「そうか、わかった。そのまま、別荘で休むといい。教師の点呼には応じておくから」

「いいの？」

「もちろんだ」

小住宅から別荘まで徒歩十五分ほどで、そう遠くもない。けれども、夜は冷えるので湯冷めしてしまう可能性がある。アドルフの申し出はありがたかった。

「代わりに、リオニー嬢に明日の予定を伝えておいてくれ」

「わかった」

「お前は明日の自由時間、どうするんだ？」

「別荘でゆっくりしておく。読みたかった本を、いくつか持ってきているんだ」

用意していた言い訳を、よどみなく答えられた。アドルフは疑っている様子はないので、ホッと胸をなで下ろす。

「だったら、レポートは俺が提出しておこう」

「ああ、頼むよ」

「次に会うのは明日の夕方だな」

「そうだね」

アドルフとはここで別れる。

明日からはリオニーとして彼に会わなければならない。今日のところはゆっくり休もう。

別荘に戻ると、侍女たちが優しく出迎えてくれた。

彼女らが用意してくれたお風呂に浸かり、一日の疲れを落とす。

ただ、思っていたほど体は疲れていなかった。

力仕事はアドルフが担っていたし、フェンリルがいた安心感からか気を張っていなかったのかもしれない。

お風呂から上がると、侍女が包装された丸い箱を運んできた。

「それは何？」

「アドルフ・フォン・ロンリンギア様からの贈り物が届いておりました」

リボンを解いて中身を見ると、美しい帽子が収められていた。

意外な贈り物に、再度送り主を確認してしまう。間違いなく、アドルフからだった。

ドラゴンの胸飾りをプレゼントしてきたときに比べ、大きく進歩しているように思えてならない。

添えてあったカードには、〝グリンゼルの昼間は日差しが強いので、よろしかったら〟と書かれてある。気遣いも完璧であった。

「リオニーお嬢様、すてきな贈り物ですわね」

「ええ」

相手がアドルフでなければ、そう思っていただろう。

どうせ、この贈り物も私の機嫌を損ねないために用意したに違いない。

「ねえ、手が空いている従僕はいる？」

「はい、おりますが」

ひとまず、きちんと受け取ったということを知らせるためにカードを書き、焼き菓子、そしてホットミルクでも運んでほしいと頼んでおく。

「ミルクにはたっぷり蜂蜜を溶かして作るようにお願いして」

私だけ別荘で一夜を明かすことに、罪悪感を覚えていたのだ。きっと今頃、硬いベッドで眠れないと思っている頃だろう。ホットミルクの力で、じっくり眠ってほしい。

私も眠ろう。たくさん動き回ったので、深く眠れそうな気がした。

◇◇◇

翌日——私は別荘で驚きの人物と出会うことになる。

「姉上、暇だからきた」

「なっ——!?」

引きこもりのリオルが、突然グリンゼルにやってきたのだ。

「リオル、どうしてここにきたの!?」

「姉上が一人二役をするって聞いて、面白そうだから」

「あ、あなたって子は……！」

しかしまあ、これでリオルが別荘にいるという証拠はできたというか、なんというか。何かしら役に立つだろう。たぶん。

「同級生が訪ねてきても、出ないでね。わかった？」

「どうして？」

「名前もわからないような相手と会って、不審がられたら困るから！」

「ふうん」

一日中、家で大人しく本を読んでいてほしい。そう言い聞かせ、玄関に向かう。

心配でしかなかった。

チキンが当然のごとく、私の肩に乗って同行しようとした。

「ごめんなさい。あなたは連れて行けないの」

『どうしてちゅりかー！』

「今日はリオルではなく、リオニーとしてアドルフと会わないといけないから」

『ちゅりー！　チキンとアドルフ、どっちが大事ちゅり』

「それは、時と場合によるわ」

侍女が持っていたベルベットの小袋に、チキンを突っ込む。これの中に入れると、数秒でぐっすり眠るのだ。

「リオニーお嬢様、チキン様はお眠りになりました」

「そう。たぶん目覚めないと思うけれど、うるさくしたら口を閉じていいから」

「承知しました」

なんとかチキンを侍女に託し、外に出た。

本日は晴天。昨日よりも日差しが強い。アドルフが贈ってくれた帽子は、美しいだけではなく軽い。道行く人たちが振り返り、お喋り好きのご婦人はどこで買ったのかと声をかけてきた。

「こちらは贈り物なの」

「まあ！　すてき」

この会話を再度することになろうとは……。

待ち合わせに指定されたのは、喫茶店の前だった。五分前に到着したのだが、アドルフはすでに待っていた。

魔法学校の制服ではなく、フロックコートを着ている。眼鏡をかけているので、いつもと違った雰囲気に見えた。

「アドルフ、お待たせ」

「リオニー嬢――！」

アドルフは胸に手を当てて、紳士の挨拶を返してくれた。

「帽子、ありがとう」

「よく似合っている」

淡く微笑みかけられ、なんだか恥ずかしくなってしまう。

こんなの私らしくない。話題を変えよう。

「今日は、魔法学校の制服を見られるのかと思っていたのに」

「同級生に見つかったらからかわれるから、私服にした」

「もしかして、眼鏡も変装？」

「まあ、そうだな」

私が自慢の婚約者であれば同級生にからかわれるのも、やぶさかではないのだろう。

入念に変装しているということは、きっと私と一緒にいるところを見られたくないから。そう思った瞬間、胃の辺りがスーッと冷え込むような、心地悪い感覚に襲われる。

「――⁉」

今、私は落ち込んでいる？

ショックを受けている自分に、驚いてしまった。

別に、婚約破棄したい相手がどう思おうかなんて、関係ないはずなのに。

「中に入ろう。個室を予約している」

ここでも同級生に私を見られたくないからか、しっかり個室を確保していたようだ。

田舎風に作られた内装はどこか素朴で、ホッとするような空間である。窓から見えるグリンゼルの湖畔は、絵画のように美しい。出された紅茶がとてもおいしく、焼き菓子は持ち帰りたいくらいだった。

「私、ここのお店を気に入ったわ」

「それはよかった。以前、ここに住む――知り合いが、紅茶や茶菓子が最高だった、と話していたから」

ドクン！　と胸が大きく脈打つ。

ここに住む知り合いというのは、アドルフの想い人ではないのか。

説明する前に、少しだけ言いよどんだのも彼らしくなかった。

このチャンスは逃さない――と思うのと同時に、聞くのが怖いという感情が浮かび上がってくる。

私は本当に、いったいどうしてしまったのか。

せっかくグリンゼルまで来たのだ。聞かないという選択肢なんてない。そう自らに言い聞かせ、探るような言葉を返す。

「その人は、きっとたくさんの素晴らしいお店をご存じなのでしょうね」

アドルフは困惑が滲んでいるような、なんとも言えない表情を浮かべている。

私に突かれたくない話なのだろう。

「きっと、すてきな人なんだわ」

「それは、どうだろう？」

話を逸らしたいのか、アドルフは感情がこもっていない声で返す。

「社交場に出入りしているお方なの？　お会いしたら、挨拶をしたいわ」

「いや、彼女は――」

知り合いは女性だ。粘ってみるものだと、内心思う。

「彼女はここで療養していて、人に会える状態ではないと、思う」

「ご病気、なの？」

「似たようなものだ。長い間ずっとここにいて、誰とも会っていない」

これまでアドルフを責めるつもりで質問攻めをしていたのに、もう何も聞けなくなってしまう。

アドルフの想い人は、グリンゼルの地で誰とも会わずに、療養しているという。

きっと、アドルフから贈られる薔薇と恋文を楽しみに、過ごしていたに違いない。

胸がズキズキと痛む。

なぜ？　どうして？　意味がわからない。

「あの、ごめんなさい。込み入った話を聞いてしまって」

「いいや、気にしないでくれ。いずれリオニー嬢にも、話すつもりだったから」

けれども、話すタイミングは今ではないらしい。

「明日、彼女とゆっくり話してくる。そのあと、伝えるから」

アドルフは最初から、隠すつもりはなく、頃合いを見て私に話してくれるつもりだったらしい。

それなのに、偽装結婚の相手として利用されると思い込んでいたのだ。

自分で自分が恥ずかしい。心の中で深く反省した。

それからなんとなく気まずい空気になったので、店を出ることにした。

今日は一日自由行動というだけあって、至る場所に魔法学校の生徒たちがいる。

クラスメイトとすれ違うのではと思ったが、今のところ誰とも会っていない。

次はスワンボートに乗りに行くらしい。

喫茶店から徒歩五分ほどの場所に、スワンボート専用の湖があった。

湖には四隻の白鳥型のボートが優雅に泳いでいる。なんとも可愛らしい。

スタンプラリーの景品になっていたので、魔法学校の生徒がいるかもしれない。そう思っていたのに、閑散としていた。

「意外と、人がいないのね」

「スワンボートに乗る時間帯は予約制で、朝いちに確保しておくから、待機列などがないのだろう」

「まあ、そうだったの。朝から予約してくれたの？　辛《つら》かったのでは？」

「いいや、辛くはなかった。昨晩ぐっすり眠れたからか、早く目覚めたからな」

「そう。ありがとう」

「リオニー嬢が寄越してくれたホットミルクのおかげだ。焼き菓子もおいしかった」

「お役に立てたのならば、幸いだわ」

ホットミルクを飲むアドルフというのが想像できなかったが、きちんと飲んでくれたらしい。

「ボートが用意できたようだ。乗ろう」

「ええ」

スワンボートは湖を優雅に泳いでいるかのように移動している。乗りこんだあと確認したが、ボートを漕《こ》ぐ櫂《オール》やボート内に足こぎ装置などはない。

「アドルフ、このボートはどのようにして操縦するの？」

「ここに魔石を填《は》め込む場所があるんだが、これが動力源となっているらしい」

アドルフ側に操縦するハンドルがあり、足元に加速装置《アクセル》と減速させる制動機《ブレーキ》があるようだ。

「動かすが、いいか？」

「もちろん」

スワンボートは私に配慮してか、ゆっくり、ゆっくりと進み始めた。

魔石に込められた魔力がなくなりそうになると、自動的に戻っていくという仕組みらしい。魔力が許す限り、自由に操縦していいという。

「もっとたくさんのスワンボートが入り乱れているのかと思っていたわ」

「衝突したら危険だからな。ここは第一スワンボート場で、ゆっくり楽しみたい人向けらしい」

グリンゼルには何カ所かスワンボート専用の湖があるらしい。

「第四スワンボート場は速さが競えるようだ。魔法学校の生徒たちは、そっちに行っているだろうな」

たしかに、周囲を見渡してみると、魔法学校の生徒たちの姿はない。ほとんどが老夫婦だった。

「年若いカップルは、薄紅色のスワンボートがある、第二スワンボート場に行っているのだろう」

薄紅色のスワンボートは恥ずかしいので、アドルフがここを選んでくれてよかったと思う。

スワンボートは紅葉した木々が取り囲む湖を泳いでいく。

この美しい景色は、先ほどまでのザワザワした心を癒やしてくれた。

「今日は、リオニー嬢に感謝の気持ちを伝えようと思って」

「あら、何かしら？」

「この前、相談したことを覚えているだろうか？」

「相談、というと、素直になれないお相手のこと？」

「そうだ」

アドルフが仲良くなりたかった相手とは、いったい誰だったのか。私を実験台にした結果を知りたい。

「その、貸し借りとやらをした結果、信じられないくらい打ち解け、仲良くなれた」

「それはよかった。それにしても、アドルフほどのお方が、これまで仲良くなれなかった人がいるなんて、信じられないわ。いったいどこのどなただったの？」

「それは――リオニー嬢の弟君だ」

「え、リオルだったの？」

「ああ」

アドルフが素直になりたい相手は、他にいると思っていた。それが私だったなんて。信じがたい気持ちになる。

突然の告白に、胸がバクバクと音を鳴らしていた。

「魔法学校に入学してからの二年間、俺はリオルのせいで、辛酸を嘗《な》めるような事態に追い込まれていると思っていた」

アドルフのなかでのかつての私は、どこかすかしていて、愛想がなく、天才肌。常に他人を小馬鹿にしているような態度が鼻についていたという。

「けれども違った。すべては、俺がうがった目で見ていたからだった」

以前からなんとなくそうではないかと思っていたようだが、本の貸し借りを経て、確信するに至ったという。

「彼は天才ではなかった。努力を重ねた秀才だった。そういう姿は誰にも見せていなかったので、特に勉強せずとも、リオルはなんでもできてしまうと勘違いしていた」

まさか、そういうふうに思われていたなんて。たしかに、人前でバリバリ勉強する姿は見せていなかったような気がする。

「それから、いかに俺が恵まれた環境にあったか、というのも知らなかった」

図書館にある魔法書のほとんどは、アドルフの実家にもある。手紙を送ったら、翌日には転送してもらえたらしい。

けれども何を思ったのか、貸し借りをするようになってから、図書館に借りに行ったこともあったようだ。

なんでも私が借りた本と同じ物を、借りたかったらしい。

「驚いたのは、人気の魔法書は数ヶ月待ちで、すぐに借りられないということ。もうひとつは、思っていた以上に品揃えが悪いこと」

魔法学校の図書館よりも、ロンリンギア公爵家の書庫のほうが取りそろえはよかったらしい。

「リオルは図書館にないものは国立図書館から取り寄せてまで、読んでいたらしい。

もちろん、すぐに手元に届くわけもなく、半年待ちが普通の本もあった」

それらの本を、アドルフはたった一日で手元に取り寄せることができる。それを知って初めて、他の生徒よりも恵まれた環境にいたのだと気付いたという。

「魔法書や参考書を思うように借りられない状況の中で、リオルが首席をキープするというのは、本人の絶え間ない努力の成果だろう。俺は彼を、本当に尊敬している」

そして、いつか親友になりたいのだと、瞳を輝かせながら話していた。

アドルフはリオルの姉だと思って話しているのだろうが、すべて私のことだ。

どうしようもなく、照れてしまった。

「俺とリオルは同等で、高め合える存在だ。彼がいなければ、俺は途中でくすぶっていたかもしれない。だから、心から感謝している」

素直に接するようになれてよかったと、笑みを浮かべながら語っていた。その笑みは太陽の光を反射し、キラキラ光る水面よりも美しいものだった。

ああ、と顔を手で覆ってしまう。

「リオニー嬢、どうかしたのか？」

ああ、そうだ。私はどうかしている。猛烈に顔が熱い。

それよりも今、この瞬間に気付いてしまった。

私はきっと、この男アドルフ・フォン・ロンリンギアに好意を抱いているのだ。よりにもよって、どうして彼なのか。できることならば、気付きたくなかった。

アドルフへの恋心に気付いてしまった私は、顔すらまともに見られないという、大ピンチに陥っていた。

様子がおかしいとアドルフが心配し、もう帰ろうかと提案する。

それがいいのかもしれない。そう思って彼の言葉に頷いた。

アドルフはスワンボートを桟橋に近づける。先に自らが下り、私に手を差し伸べてくれた。

恥ずかしくて手なんか握れるわけがない。そんなふうに思っている間に、アドルフのほうから握ってくる。力強く引き寄せられることとなった。

「先ほどから顔が青白くなったり、赤くなったり……大丈夫か？」

大丈夫ではない。私はきっとおかしいのだ。

なんて言えるわけもなく、消え入りそうな声で頷くばかりだ。

湖のほとりにベンチがあったので、アドルフに誘われて腰を下ろす。

「あっちの屋台で飲み物が売っているから、何か買ってくる。飲みたいものはあるか？」

「だったら、アイスティーをお願いできるかしら？」

「わかった」

きんきんに冷えたアイスティーを頭から被ったら、この酔いも醒《さ》めるのだろうか？

なんてことを考えてしまうくらい、今の私は冷静さを失っていた。

ひとまずひとりになりたい。アドルフが去っていく後ろ姿を眺めながら、は――と深く長いため息をつく。

「あれ、リオル――の、お姉さん？」

「!?」

聞き覚えがある声に、顔をあげる。そこにいたのは、ランハートだった。

心臓をぎゅっと掴まれたのか、と錯覚するくらい驚いてしまった。グリンゼルにいる以上、知り合いに会うことは想定していたのに。まさか、その相手がランハートだったなんて。

リオニーとして彼に会うのは初めてだった。全身が強《こわ》ばってしまう。他のクラスメイトもいて、興味津々とばかりに視線を向けてくる。

しかしながら、彼らはランハートが「ジロジロ見るな。失礼だろうが」と言って追い払ってくれた。

「俺、リオルの友達で、ランハート・フォン・レイダーっていいます。はじめまして」

「はじめまして。リオニー・フォン・ヴァイグブルグ、です」

ランハートは帽子を取り、ぱちんと片目を瞑《つぶ》りながら会釈する。きっちりと紳士の挨拶をするアドルフとは真逆の男だと思った。

「隣、座ってもいいですか？」

「ええ、まあ、どうぞ」

遠すぎず、近すぎずという位置にランハートは腰を落とす。

「びっくりしました。お姉さん、リオルとそっくりですね」

「よく言われます」

魔法学校入学時は本当にそっくりだった。けれども今はあまり似ていないような気がする。卒業後、リオルが外でクラスメイトに会ったら、違和感を覚えるかもしれない。弟が引きこもりで本当によかったと思う。

「雰囲気とかも、一緒なんじゃないかなー」

「一歳違いですので。幼少時は双子かと勘違いされることもありました」

「へー、そうなんだー」

ランハートとはごくごく普通に喋ることができる。私がおかしくなってしまうのは、アドルフ相手のときだけだったようだ。本当に恋心というのは厄介である。

「あ、そうそう。さっき、ヴァイグブルグ伯爵家の別荘に行ったんですけれど、リオルはまだ寝ているって言われて」

「そ、そうでしたか。昨晩、遅くまで魔法書を読んでいたようで」

「リオルらしいなあ」

侍女たちは言いつけを守ってくれたようだ。リオルも大人しくしていたようで、ホッと胸をなで下ろす。

やっぱり家に帰ったら、リオルを女装させて私の振りをさせておこうか。なんて考えていたら、信じられない事態になる。湖のほとりを、リオルが歩いているではないか。あれほど、家で大人しくしているようにと言っておいたのに。

「ん、あれ、あそこにいるのはリオル？」

「きゃ――――!!」

叫び声を上げ、ランハートを傍にぐっと引き寄せる。胸に彼の顔を押しつけ、視界を遮った。

「え⁉　え⁉　え⁉　な、何、ど、どうしたんですか⁉」

「へ、あ、えっと、ヘビ‼　ヘビがおりましたの‼」

「ヘビ⁉　お、お姉さん、落ち着いて！」

「クロシマ・オナガ・オオクロヘビですわ～～‼」

「お姉さん、ヘビの種類、詳しいですね！」

ごちゃごちゃ騒いでいると、リオルは私に気付いたようだ。目線で早くどこかに行けと促す。リオルは「ああ」という表情を浮かべ、この場から去っていった。

ホッと胸をなで下ろす。

「あ、あの、申し訳ありません。見間違えでした」

「そ、そうだよね。クロシマ・オナガ・オオクロヘビって、南国に生息するヘビだし」

「お詳しいのですね」

「まあ、授業で習ったから」

完全にリオルが見えなくなったのを確認する。そろそろランハートを解放しよう。

そう思った瞬間、ガシャン、という物音が聞こえて振り返る。

アドルフがわなわなと震えつつ、そこに佇んでいた。親の敵にでも出会ったかのような表情でこちらを見ている。

あまりの恐怖に、叫び声を上げてしまった。

「きゃ――――!!」

「え、今度は何？　また毒ヘビ？」

アドルフはランハートの胸ぐらを掴んで、私から引き離す。

「ランハート・フォン・レイダー!!　お前はリオニー嬢に抱きついて、何をしている!?」

「いやいやいや、誤解、誤解、誤解――!!」

「そ、そうよ！　私が紐を毒ヘビと見間違えて、彼を抱きしめてしまっただけ！　これは事故なの！」

そう訴えると、ランハートは解放される。けれども腕を引いて強制的に起立させられ、「いなくなれ!!」と脅されていた。

「あ、リオルのお姉さん、どうも、お騒がせしました」

ランハートはそう言って、そそくさと去っていった。

残された私は、険しい表情のアドルフとふたりきりになってしまう。

「あの、その、申し訳――」

「リオニー嬢の傍を離れなければよかった」

それは独り言のような言葉だった。苛《いら》ついているようだが、怒りの矛先は私ではないような気がする。

たぶん、彼は自分自身に腹を立てているのだろう。表情や視線、発する空気から察してしまった。

なんて言葉をかけていいものか、わからなかった。今は彼の発言を待つ。

「魔法学校の生徒がたくさん行きそうな場所は避けていたのに」

「私と一緒にいるのを目撃されたら、恥ずかしいから？」

聞くのを我慢していたのに、ついつい疑問を口にしてしまった。

アドルフは傷付いたような表情で私を見る。

「それは違う！　魔法学校の者たちがリオニー嬢を見たら、興味を持ってしまうと思ったからだ」

「ああ、そういうことだったの」

ランハートもリオルとそっくりだと驚いていた。いちいち絡まれていたらキリがないので、配慮してくれたのかもしれない。

ありがたい話だが、正直、私は誰にも紹介したくない婚約者なのだと思い込み、少しだけショックを受けていたのだ。あらかじめ、説明してほしかったと思う。

「それだけではなくて」

「まだ何か？」

小首を傾げつつ、アドルフに質問を投げかける。目が合うとアドルフは頬を赤く染めつつ、視線を逸らした。

すぐに話しそうになかったので、予想を立ててみる。

「婚約者としての義務を果たしているところを、クラスメイトに見られるのが恥ずかしかった、とか？」

「誤解だ！　こうしてリオニー嬢と会うことを、義務だとは思っていない！」

「ならば、監督生としての立場がなくなるとか？」

「なくならない！」

「……？」

いったいアドルフはなぜ、私を同級生に会わせたくなかったのか。謎が深まる。

「同級生を避けていた理由《わけ》は」

「理由は？」

アドルフは顔を赤くするだけでなく、汗も掻いていた。彼がここまで追い詰められたような様子を見せるのは初めてである。

魔法学校に入学した当初の私が見ていたら、大笑いしていただろう。

今は彼に対してドキドキしたり、心配したりと忙しい。どうかしているのは、アドルフだけではなく、私もなのだろう。

ため息をつきつつ立ち上がり、アドルフの額の汗をハンカチで拭いてあげる。

一学年のときは私よりも背が低かったのに、この二年でずいぶん伸びた。

今では見上げるくらい、背が高くなっている。

アドルフは私の行動に驚いたからか、体を仰け反らせる。

「あの、アドルフ。そんなふうに体を傾けられては、汗が拭けないわ」

「あ、汗？」

「ええ。あなた、びっしょりと汗を掻いているのよ」

アドルフは額に手をやり、ハッとなる。汗を掻いている意識もないほど、余裕がなかったようだ。

アドルフにハンカチを手渡してから、再びベンチに腰かける。

「それで、理由をお聞かせいただける？」

「理由、理由は――」

意を決したのか、アドルフは力強い瞳で私を見つめる。

そして、驚きの理由を口にした。

「同級生がリオニー嬢に出会ってしまったら、好きになると思ったから」

「はい？」

今、好きになる、と言ったのか。そんなのありえない。現に、社交界デビューでは誰ひとりとして、私に声をかけなかったから。

アドルフはなぜか耳まで真っ赤にさせていた。

「あの、おっしゃっている意味が、よくわからないのだけれど？」

「そうだと思っていた。リオニー嬢は、自分の魅力に気付いていない。だから、ランハート・フォン・レイダーにあのような行動を――!!」

何やらぶつくさ言っていたようだが、早口かつ低い声だったので聞き取れなかった。

同級生に会わせたくない理由はよくわからないものだったが、これ以上追及しても、納得する答えなんて聞けないだろう。

この問題については、頭の隅に追いやることにした。

「リオニー嬢、すまない。飲み物を落としてしまった」

「いいえ、お気になさらず」

ガラス製のコップを落としたのは芝生の上だったので、割れていなかった。拾おうと立ち上がったが、アドルフが素早く回収した。

「新しいものを買わないと」

「大丈夫。もう帰りましょう」

「具合は？」

そう聞かれ、思い出す。

先ほど、私はアドルフへの恋心に気付き、青くなったり、赤くなったり異変を露呈していたのだ。いろいろあったせいで、すっかり忘れていた。

意識してしまい、まともに顔も見られないような状況だったが、リオルやランハートの出現で緊張が解《ほぐ》れたらしい。

かと言って、ふたりに感謝なんてしたくないのだが。

「では、別荘まで送ろう」

「……」

リオルとアドルフが鉢合わせしてしまったら大問題である。けれどまあ、先ほど睨みを利かせていたので大丈夫だろう。たぶん。

「ええ、お願い」

そう言葉を返すと、アドルフは明らかに安堵した表情を見せる。

差し出された手に、指先を重ねる。

ただ触れただけなのに、胸がドキドキと高鳴ってしまう。落ち着かない気持ちを持て余しているのに、なぜかいやじゃない。不思議な感覚だった。

具合が悪かった私を慮《おもんぱか》り、ゆっくりと歩いてくれた。

彼の大きくなった手を握っていると、ふと気付く。

彼はこの二年間で変わった。三学年となり、大人の男性のようになりつつあった。

魔法学校を卒業したら私たちは結婚をして、そのあとは——。

胸がちくりと痛む。

アドルフが毎週のように薔薇と恋文を贈っていたなんて、聞かなかったらよかった。

けれども、知らなかったらアドルフに深く干渉し、彼の本質を垣間見ることはなかっただろう。

「あの、アドルフ」

「なんだ？」

「子どもは何人欲しい？」

そう問いかけると、アドルフは歩みを止める。

顔を真っ赤にさせた上に、信じがたいという表情で私を見つめていた。

「私、何かおかしなことを言ったかしら？」

「い、いや、その、なんていうか、そういう話は、結婚してからするものだと思っていたから」

「別に、結婚することは決まっているから、いつ聞いてもおかしくはないのでは？」

「そ、そうだな」

私の指摘を受け、アドルフは真剣に考え始める。

「俺は弟妹《きょうだい》がいなかったから、いたら楽しいだろうな、と思っていた」

「ふたり、もしくはそれ以上、欲しいってこと？」

そう問いかけた瞬間、眉間にギュッと皺が寄る。

「いや、出産は女性の体への負担が大きい。魔法で痛みを軽減できても、目に見えないダメージは残ると、医学書に書いてあった」

「ええ」

出産は命がけだ。母を亡くした私は、特にそう思っている。

今、健康で生きていられることに、心底感謝していた。

「子どもはひとりでいい。男でも女でも、養子であっても、爵位が継げるように国王陛下へ陳情するつもりだ」

彼ははっきり、養子と口にした。暗に、子どもが産める体でなくても大丈夫、と示しているのだろう。それはきっと、将来結婚するであろう、彼の想い人に対する配慮なのかもしれない。ずっとここで療養していると聞いた。きっと、子どもを産める体力はないのだろう。

そんなことを考えていると、胸がチクッと痛む。先ほどから、滝のような勢いで感情が流れていく。本当に恋というのは厄介で、まるで病気のようだと思った。

「これは大事な話題だったな。結婚する前に話せて、よかったと思っている」

「私も」

アドルフと肩を並べ、別荘に戻る。リオルとうっかり遭遇することもなく、無事、送り届けてもらった。

帰宅後、私はドレスを摘まみ、リオルのもとへと全力疾走する。

「リオル――――!!」

部屋で本を読んでいると執事から聞いたが、訪ねるとソファの上でぐっすり眠っていた。

「リオル、起きなさい！　リオル！」

「う――ん、何？」

「何、ではないわ！　あなた、どうして出歩いていたの？　あれほど、家で大人しくしているように言ったのに！」

「うるさ。耳にキーンと響く」

「勝手な行動をする、あなたが悪いの！」

リオルはのろのろと起き上がり、のんきに背伸びをする。

そして、予想もしていなかった外出の理由を知ることになる。

「いや、澄まし顔の姉上を見にいっただけなんだけれど」

「あなたという子は……」

彼に関しては、何を言っても無駄なのだろう。

がっくりと肩を落としてしまう。

「一緒にいたのがアドルフ・フォン・ロンリンギア？」

「違うわ。彼はクラスメイトよ」

「なんでクラスメイトを、熱烈に抱きしめていたの？　意味がわからないんだけれど」

「そ、それは！　あなたがいたから、隠すためだったの！」

もう、これ以上話すことはない。回れ右をしようとした瞬間、リオルが待ってと引き留めてきた。

「姉上、僕は今晩、王都に戻るよ。なんていうか、実家じゃない場所は落ち着かないから」

「落ち着かないってあなた、今までぐっすり眠っていたじゃない」

「さっきのは仮眠」

ひとまず王都に戻るというので、ホッと胸をなで下ろした。

「姉上たちは竜車で来たんでしょう?」

「ええ」

「訓練生の竜車に乗るとか、怖いもの知らずだよね。信じられない」

「補助する教官はきちんといたみたいだし」

「それでも、落下の危険はゼロではないのに」

「まあ、そうだけど」

私はアドルフのおかげで、教官の竜車に乗っていたなんて言えなかった。

◇◇◇

その後、アドルフへのお詫びとして、クッキーを焼いた。ここ最近バタバタと忙しかったので、こうしてクッキーを作るのは久しぶりである。

今日は時間があるので、少しだけ手が込んだクッキーを作ろう。小麦粉とコンスターチを合わせて作る、絞り出しクッキーだ。

このタイプのクッキー生地は他のものと比べてやわらかく、型抜きができない。そのため、袋に入れて絞り出すのだ。

まず、バターをクリーム状にホイップし、粉砂糖を入れて混ぜる。あまり混ぜすぎると、焼いたあとに崩壊しやすくなるという。そのため、攪拌《かくはん》はほどほどに。

これに卵白を少しずつ加え、小麦粉とコンスターチをふるいにかけながら投入。これも混ぜすぎたら食感が悪くなるので、ほどよい感じに。

生地は紅茶味とベリー味、プレーンの三種類にしてみた。星口金を付けた袋に生地を入れ、油を薄く塗った鉄板に絞っていく。

十五分ほど焼いたら、絞り出しクッキーの完成だ。

よく冷ましてから、缶に詰めていく。

ランハートにもお詫びとして渡したいが、前回のようにアドルフに見つかったら面倒な事態になる。彼には別荘の菓子職人が作ったベリー・マフィンを持っていこう。

お風呂に入って香水などの匂いを落としておく。

魔法学校の制服に着替え、お詫びのクッキーとマフィンを持って別荘を出る。

太陽が傾きつつあった。あっという間に一日が過ぎていく。

小住宅に戻ろうとしていたら、外にランハートがいたので驚いた。

「あ、リオル、よかった」

「ランハート、どうかしたの？」

「いや、さっき、リオルのお姉さんと会って、いろいろあって」

詳しく聞かずともわかる。ランハートにいろいろしたのは私だから。

「なんだか申し訳ないなって思って、お姉さんにお詫びを持ってきたんだ」

ランハートの手にはおしゃれな缶が握られていた。グリンゼル限定の紅茶らしい。

「お姉さん、今、いる？」

「いや、その」

「会いたいんだけれど」

リオルの姉、リオニーは屋敷にいるわけがない。ただ、この時間帯に貴族女性が戻ってきていない、と言い訳するのはおかしいだろう。額にぶわっと汗が滲む。どう説明して、ランハートを家に帰らせたらいいものなのか。

「直接、謝罪したいんだ」

「別に、気にしなくてもいいのに」

「いやいや、そういうわけにも──あ！」

ランハートが二階の窓を見上げ、手を振る。そこにいたのは──信じがたい存在であった。

それは、女装したリオルである。

「リオルのお姉さん、さっきはすみませんでした！」

ランハートの声に応えるように、リオルは手を軽く振る。

「お詫びの品、リオルに渡しておきますね！」

リオルは会釈し、窓から離れていった。

いったい、何が起こったのか。なぜ、リオルが女装をしていたのか。まったくもって意味不明である。

「お姉さんに直接謝ることができて、よかった」

「あ……うん」

「じゃあ、俺、戻るわ」

爽やかに去りゆくランハートを見届けたあと、私は大急ぎで二階に上がる。

「リオル!!」

見間違えかもしれないと思っていたが、リオルは女装をした状態でいた。

「な、なんなの、その姿は？」

「姉上のまね」

正直、私には到底見えないのだが、遠目で見るだけならば、私に見えなくもない。

「あなた、どうして女装しようって思ったの？」

「いや、姉上が怒っていたから、女装して見送りでもしたら、機嫌を直すかと思って」

リオルの言い訳を聞き終えると、盛大なため息が零れる。

「まあ、言いたいことはいろいろあるけれど、いいタイミングで出てきてくれたことに関しては、感謝するわ」

「もう怒っていない？」

「怒っていない」

「そう、よかった。姉上が怒ると、とてつもなく面倒だから」

リオルはそう言い残し、部屋から出て行く。脱力し、膝から頽れてしまった。

小住宅に戻ると、アドルフが小難しい表情で本を読んでいた。

「リオル、戻ったか」

「うん」

何を読んでいるのかと覗き込むと、〝小熊騎士の大冒険〟という子ども向けの児童書だった。

「それ、どうしたの？」

「寝台の下に落ちていた。誰かが忘れたのだろう」

「そのシリーズ〝熊騎士の大冒険〟のほうが面白いよ」

「小熊から読むのではないのか？」

「それは、熊騎士の子ども世代の話だから」

「そうだったのか！」

思いのほか、面白かったという。その昔、リオルが読んで「子ども騙しだ」なんて言っているのを思いだし、笑いそうになった。

「あ、そうそう。これ、姉上から預かってきた。手作りクッキーらしい」

クッキー缶を差し出すと、アドルフの表情がパッと明るくなる。

さすが、クッキー暴君といったところか。

「今日のお詫――いや、お礼だって」

「そうか」

もうひとつの箱に視線が向く。ジロリと睨んでいるようにも見えた。

「これはランハートのだけれど、うちの菓子職人が作ったマフィンだから」

缶の蓋を開き、中身を見せる。手作りクッキーでないとわかったので、アドルフは
うんうんと頷いていた。

本当に、彼はクッキーが大好きなのだろう。

「リオル、明日はどうするんだ?」

「ランハートと遊ぶ約束をしている。アドルフは?」

「人に会いに行く」

胸がドクンと脈打つ。明日、アドルフは想い人に会いにいくのだ。

ランハートとの予定は、薔薇と恋文を贈っていた想い人の調査であった。

彼を尾行したら、相手が誰なのかわかるわけだ。

「リオル、あまりはしゃぎすぎるなよ。発見したら、教師に報告するからな」

「わかっている。アドルフも――」

「なんだ？」

楽しんできて、というシンプルな一言が出てこない。

きっと彼への恋心が妨害しているのだろう。

「なんでもない。夕食は？」

「まだ」

「だったら、一緒に食べにいこう」

二日目の夕食は、教師陣特製の鶏の丸焼きとスープ、パンだった。どれもおいしくて、楽しい夕食の時間となった。

夕食を食べたあと、アドルフが焚き火をしたいと言い出す。仕方がないので、付き合ってあげることにした。

帰り道に落ちてあった枝を拾い集めながら、小住宅に戻った。

アドルフが火を起こし、私は紅茶の用意をする。朝、紅茶を飲みたいので、別荘からお茶セットを持ってきていたのだ。

ポケットの中で爆睡していたチキンは、枕の下に突っ込んでおく。たぶん、朝まで目覚めないだろう。

チキンは枕の下で眠るのが大好きで、私が頭を置こうが関係なしに爆睡するのだ。

バルコニーに出ると、すでに焚き火台に火が灯っていた。

「すごい。ひとりでできたんだ」

「まあな。これくらい、たやすいことだ」

焚き火台に網を置き、その上にヤカンを設置する。

しばし、ぼんやりと燃える火を眺めていた。

「リオル、リオニー嬢は何か言っていたか？」

「別に……」

スワンボートに乗って、恋を自覚して、ランハートと出会ってしまって、それから支離滅裂な言動をするアドルフとかみ合わない会話をして――。

「いや、楽しかったって言っていたよ」

「そうか、よかった」

胸に手を当てて安堵するアドルフの様子を見ていると、どうしてか泣きたくなる。

彼の心には、私以外の大切な女性《ひと》がいるのだ。

「湯が沸いたな」

「そうだね」

紅茶に蜂蜜とミルクをたっぷり入れて、あつあつのうちに飲んだ。寒空の下だからか、アドルフが隣にいたからか、いつもよりおいしく感じてしまった。

アドルフはこのあとお風呂に入ってくるという。

私は先に眠ることにした。寝間着に着替え、寝台に横たわる。

アドルフが戻ってくる前に眠ってしまいたかったが、今日に限って眠れない。

就寝前の紅茶がよくなかったのか。

茶葉には神経を興奮させる成分が入っているので、夜に飲むのはオススメしない。

わかっていたが、猛烈に紅茶が飲みたい気分だったのだ。

枕の下で眠るチキンを覗き込むと、羨ましいくらい爆睡していた。

右に、左にと寝返りを打つ。しかしながら、眠れない。

もしかしたら、枕や布団がいつもと違うので、眠れない可能性がある。

別荘の寝具は、実家にあるものと同じ職人が作ったものだったので、ぐっすり眠れたのだろう。

ため息をひとつ零したのと同時に、アドルフが戻ってきた。

「リオル、もう寝たか？」

その問いかけはどうなのか。眠っていたら、返事なんてあるわけがないだろう。アドルフと話したらさらに眠れなくなりそうなので、申し訳ないが寝ているということにしておいた。

アドルフはそのまま灯りを消す。もう眠るようだ。

ぎし、と寝台が軋《きし》む音が聞こえる。それから、布団やブランケットがこすれて鳴る音も妙に耳につく。

アドルフがこの下で眠っている。それだけなのに、妙に緊張してしまった。

寝返りを打たずに、じっと息をひそめる。二時間はそうしていただろうか。

そうこうしているうちに、私は寝入ってしまった。

「リオル、リオル、起きろ！　遅刻だ！」

「ん……ん!?」

アドルフの声——それから自分の声を聞いて、ギョッとする。声変わりの飴の効果が切れているのだろう。

枕の下を探って、飴を入れた袋を掴む。

『ちゅり〜？』

握ったのはチキンだった。大きさが同じくらいなので、紛らわしい。

枕をひっくり返し、飴が入った袋を手に取る。飴を口に含んでから返事をした。

「すぐに行く！」

「外で待っているぞ」

三日目の朝は、レポートの成績が発表される日だ。

あと五分で、朝礼が始まるらしい。

急いで着替え、顔は濡れたタオルで拭うだけにしておく。口も濯《すす》ぐだけにしておいた。髪を櫛《くし》で梳り、紐で纏める。寝ぼけ眼のチキンをポケットに詰め、タイを結んだ。

起床から三分で、身なりを整えた。人生最短記録である。

「アドルフ、ごめん」

「走るぞ」

アドルフは走り始めると、フェンリルもあとに続いていた。

一分前に集合場所に辿り着く。他にも時間ギリギリの生徒は数名いたので、悪目立ちすることはなかった。

教師が前に立ち、レポートについての所感を話し始める。

「皆、採りやすい食材に、釣りやすい魚、獲りやすい獲物を集めた結果、似たり寄ったりなレポートになっていた。そんな中で、リオル・フォン・ヴァイグブルグとアドルフ・フォン・ロンリンギアのペアは、独自の食材を集めただけでなく、食材の情報を絡めた読み応えのあるレポートを提出してくれた。よって、ふたりを一位とする。

高位魔石は彼らにのみ進呈しよう」

アドルフと顔を見合わせ、ハイタッチする。まさかここまで評価されるなんて、想定していなかった。

景品である魔石を選んでいいという。教師のひとりが魔石を盆に載せ、持ってきてくれた。

「リオル、どの魔石がいい？」

「アドルフは？」

「お前が選んでくれ」

「だったら――」

光の魔石を指差すと、革袋に入れた状態で進呈された。

アドルフに渡そうとしたら、首を横に振る。

「それはリオルが受け取ってくれ」

「どうして？」

「昨日のスワンボート券のお返しだ」

「あ――！」

あれは結局私も乗っていたのだが……。返そうとしても受け取ってくれない。

「あとで欲しいって言っても、返さないからね」

「ああ、そうしてくれ」

本当の本当に、受け取ってもいいみたいだ。ありがたくいただいておく。

「アドルフ、ありがとう。本当に嬉しい」

「そうか。よかった」

これがあれば、輝跡の魔法を使える。胸がドキドキと高鳴った。

「それはなんに使うんだ？」

「輝跡の魔法を試してみたくて」

「ああ、なるほど」

レポートの結果発表は終了し、お昼までの時間は自由行動となる。

ここでアドルフと別れ、ランハートと合流した。

「おーい、リオル」

「ランハート」

ちらりと横目でアドルフのほうを見る。懐から手帳のようなものを取り出し、険しい顔で見詰めていた。まだ、動き始めそうにない。

その様子をランハートと確認する。アドルフが行動を開始するまで、適当な雑談をするしかないようだ。

「お前たち来るの遅かったから、ヒヤヒヤしたぜ。首席コンビが遅刻とか、ありえないからな」

「まあね」

「どうしたんだ?」

「僕が寝坊したんだ。なんだか眠れなくて」

「大丈夫なのか?」

「平気。たぶん五時間くらいは眠ったはずだから」

アドルフから光の魔石を貰ったからか、興奮している。今は眠気なんて欠片もなかった。

「あ、そうそう。これ、姉上から預かってきたんだ」

「お姉さん?」

マフィンが入った缶を差し出すと、キョトンとした表情で受け取る。

「紅茶がおいしかったから、そのお礼だってさ」

「またまた、ご丁寧にどうも。それにしても律儀なお方だな」

「正直、もう姉上とは会いたくないでしょう？」

「とんでもない！　昨日の出来事なんて、俺にとってはご褒美みたいなものだったし」

「どこが？」

「リオルのお姉さん、とんでもなく美人でさ、いい匂いで、体もふわふわだった」

ランハートはいつもの調子だったが、脳内でそんなことを考えていたとは。

すべて私のことなので、気恥ずかしい。口を塞いでしまいたいが、リオルである姿でそれをすると、不審がられてしまうだろう。

「あとなんか、面白い人だったなー。ドマイナーな毒ヘビの名前をスラスラ言ったところなんか、最高だった」

「そう」

「ああいう人と結婚したら、毎日楽しいんだろうなー。もしも、アドルフとの婚約が破談されたら、俺が結婚してほしいくらい」

「は!?」

「なんでそんなに驚くんだよ」

それは私が当事者だからだ、なんて言えるわけがない。私と結婚したいだなんて、ランハートはいったい何を考えているのか。

「ねえ、ねえ、弟の立場からして、俺がお義兄《にい》さんになるの、どう思う？」

「ランハートが身内になるの？」

「そう！」

彼はきっと一途で、愛人なんか迎えないだろうし、妻となった女性を大切にしてくれそうだ。変なしがらみもなく、平和に暮らせるに違いない。

もしも、アドルフとの婚約が決まる前に、どちらがいいか聞かれたら、確実にランハートを選んでいるだろう。

「ランハートがいたら、なんか、楽しく暮らせそう」

「だろう？」

でも今は――……。

アドルフの姿が思い浮かび、打ち消すようにぶんぶんと首を横にする。

「リオル、どうしたんだ？」

「どうもしない」

虫でもいたのかと、ランハートは私の周囲を手で払ってくれる。本当にいい奴だと思った。

「そういえば昨日、姉上に会う前にうちの別荘を訪ねてきたって話を聞いたんだけれど、何の用事だったの？」

「ああ、そう。毎週、薔薇と恋文が届く家についての噂話を耳にしたんだ」

それは、ランハートが友人らと居酒屋《パブ》の前を通りかかったときに、客引きの女性に引き留められたのだという。

「ひとりの女性へ、熱心に薔薇と恋文を届ける魔法学校の生徒がいるって、一部の界隈《わい かい》で話題になっているらしくて、誰か知らないかって聞かれたんだ。もちろん、答えなかったけれどね」

「そう、だったんだ」

客引きの女性は、薔薇と恋文が届く先も教えてくれたという。

「この辺りの観光街から北に進んでいくと、霧ヶ丘って呼ばれる場所があるらしい。そこに赤い屋根の屋敷がある。その屋敷に、薔薇と恋文が届けられているんだって」

「そうだったんだ……。あ、アドルフが動き始めた」

私とランハートは追跡を開始する。音や匂いに敏感なフェンリルを連れているため、あまり接近はできない。もしも見失ったときは、霧ヶ丘の赤い屋根の家を目指せばいいのだろう。

つかず離れずの距離で、進んで行った。アドルフはいつもより急ぎ足で進んでいる。

愛《いと》しい女性に一秒でも早く会いたいのかもしれない。

途中、アドルフは花屋さんに寄り、薔薇の花束を購入する。いつもは購買で真っ赤な薔薇を選んでいるようだが、今日は紫色の薔薇である。

薔薇の花束を購入し、街を抜けると、アドルフはフェンリルに跨がって颯爽《さっそう》と駆けて行ってしまった。

「ああ、クソ！　フェンリルを使ったかー」

アドルフが薔薇の花束を買っている間に、街の人から話を聞いたのだが、霧ヶ丘まで徒歩ならば二時間はかかるらしい。

話を聞いたとき、きっとフェンリルに乗って行くのだろうな、と想定していた。

「往復で四時間か」

「リオル、今から馬車を借りてこようか？」

「ううん、いい」

走っていきそうだったランハートの服の袖を摘まみ、彼の行動を制止する。

「いいって、アドルフの想い人について、気になっていたんじゃないのか？」

「こういうふうに尾行するのは、アドルフに対して申し訳ない。彼は姉上に言ったらしいんだ。時期がくれば、秘密について話すって」

「でも、そういうのって、婚約前に打ち明けるものじゃないのか？」

「そうかもしれないけれど、彼にも事情が、あるんだと思う」

仕方がない――そう告げたのと同時に、涙が溢れ、零れてしまった。

「ランハート、帰ろ」

振り返った私を見たランハートはギョッとする。

「お前――」

「何も言わないで。帰ろう」

「それでいいのか？」

「いい」

きっと、アドルフは想い人について話してくれる。それまで待とう。

そして――素直に打ち明けてくれたら、私は彼と結婚する。

「婚約破棄はどうするんだ？」

「しない。姉上は、アドルフと結婚する」

ロンリンギア公爵家と縁を繋ぎ、私はアドルフの子どもを産む。

そのあとは、まだどうなるかわからない。

けれども、アドルフには幸せになってほしいと思っている。

「なんで泣くんだよ。悔しいのか？」

「違う」

自分でも信じられないくらい、私はアドルフのことが好きで、アドルフも私を好きであってほしいと望んでいるのだ。

アドルフには愛すべき女性がいる。彼の気持ちがこちらに向くことは絶対にない。

それがどうしようもなく悲しくって、涙が零れてくるのだろう。

ランハートは私を抱きしめ、背中をトントン叩いてくれる。

「リオル、泣き止めー！　泣き止めー！　いい子だから」

まるで、赤子をあやすように慰めてくれる。それが功を奏したようで、涙は比較的早く引っ込んでしまった。

ランハートと肩を並べ、来た道をトボトボ帰る。

「なあ、リオル。やっぱり、アドルフと婚約破棄させない？」

「どうして？」

「アドルフにお姉さんはもったいないから。俺と結婚しなよって、助言してくれないかな～？」

「できるわけないじゃん。家庭内の発言力はゼロに等しいのに」

「そうなんだ」

「そうなんだよ」

アドルフとの婚約破棄を目論み、父に反抗した結果、絶縁されそうになった。

私の訴えなんて、父は聞く耳なんて持たないだろう。

「ランハート、大丈夫だよ。姉上は強《したた》かだから」

「そうかもしれないけれどさー」

この先、結婚したことで新しい幸せの形を発見できるかもしれない。

一度しかない人生だ。

なるべく悲観しないようにしなければならないだろう。

「リオル、俺はいつでもお前の味方だからな」

「ランハート、ありがとう」

彼という存在も、私が見つけた幸せの形だろう。

けれども、私が女だと知ったらどうなるのか。

いくら寛大なランハートでも、騙していたのかと怒るかもしれない。

少しだけ、胸がちくりと痛んだ。

◇◇◇

宿泊訓練はあっという間に終わった。

後日、アドルフから私宛てに手紙が届く。

グリンゼルで話していた、彼の事情を打ち明けるのを、もう少し待ってほしい、というものだった。

なんでも、少し事情が変わったらしい。最後に必ず話すから、と書いてあった。

何があったのかはわからないが、私はこのまま知らないほうがいいのではないか、と思っている。

彼の長きにわたる愛なんて聞きたくないから。

ひとまず、この件については忘れることにした。

宿泊訓練が終わり、いつもの日常が戻ってくると思っていた。しかしながら、私を取り巻く状況は、がらりと変わる。

朝――教室で予習をしていたら、私の顔を覗き込み、明るく挨拶をしてくる者が現れる。

ランハートだと思っていたが、違った。

「おはよう、リオル」

「おはようって、え⁉」

「何をそんなに驚いている？」

「だって」

私に笑顔で挨拶してきたのは、アドルフだから。

まるで普通の友達のように接してきたので、びっくりしてしまった。

「朝の挨拶をするのはおかしいのか？」

「おかしく、ない……」

「だろう？」

アドルフの変化に、私だけでなくクラスメイトも驚いているようだった。

それからというもの、アドルフはいつもの取り巻きを遠ざけ、私とばかり行動するようになった。

「ねえ、アドルフ。いつものお友達はいいの？」

「あいつらは友達でもなんでもない。俺が次期公爵だから、媚《こ》びへつらっている奴らばかりだ。もしも俺が次男か三男だったら、見向きもしないだろう」

「そんなことは――」

「ある」

言い切ったアドルフの瞳は、少し悲しげだった。私まで、なんだか切なくなってしまう。

「僕は、アドルフが次期公爵じゃなくっても、すごい人だって思っているよ」

「お前はそうだろうと思ったから、今、一緒にいる」

私を見つめるアドルフの瞳には、信頼が滲んでいるように思えた。

それに気付いた瞬間、胸がじくりと痛む。

私はリオル・フォン・ヴァイグブルグではない。彼に嘘を吐いているのだ。

いつか本当のことを話したとき、アドルフはどう思うか。

考えただけでも辛くなる。早く話したほうが、気は楽になるが――。

「リオル、次は実験室での授業だ。行くぞ」

「うん」

残り少ない学校生活だ。それを無駄にしたくない。

だから今は、リオルのままでアドルフと一緒に過ごそう。
あと少しだけ、そう自分に言い聞かせながら、アドルフの隣に並んだ。
私は現実から目を背け、宝物みたいにきらめく学校生活に身を置き続ける。
ズキズキと痛む良心に、気付かないふりをしながら。

〈つづく〉

書き下ろし番外編　アドルフのライバル

魔法学園に入学したからには、常にトップでいるように。それが父から唯一かけられた言葉だった。

もちろん、そのつもりだったし、努力に抜かりはなかった。

それなのに、それなのに、魔法学校の入学試験では、次席だったのだ。

信じられなくて、熱を出してしまったほどである。

いったい誰が首席を取ったのか。それは入学式の当日に、明らかになる。

新入生を代表し、挨拶を読む者の名前が読み上げられた。

「リオル・フォン・ヴァイグブルグ」

すっと立ち上がったのは、金色の髪に紫の瞳を持つ、たいそう顔立ちが整った男子生徒だ。

ひとつに結んだ髪をなびかせ、生徒の間を通り、演台へと上がっていく。

彼は大人数を前にしても臆さず、堂々と挨拶を読み上げていた。
まさか、〝彼女〟の弟が首席だったなんて。
さまざまな感情がこみ上げ、気持ちに整理もつかないまま、話しかけてしまった。
――首席になったからといって、調子に乗るんじゃないぞ。
言い切ったあと、そうじゃない、と自己嫌悪することとなった。
どうしてか彼を前にすると、なんて声をかけていいのかわからなくなってしまう。
気付いたら、酷い言葉を口にしているのだ。理由はよくわからない。
とにかく、彼の姉であるリオニー嬢がすでに誰かと婚約しているのか聞きたかった。
それすらも聞き方と返しを間違えてしまう。
リオニー嬢が婚約していないと知った安堵感から、完全に気が抜けていたのだろう。
最低としか言いようがない言葉を口にしていた。
言ってしまったときの、彼の冷え切った表情は忘れもしない。
リオル・フォン・ヴァイグブルグとはなるべく良好な関係を築いていきたい。
同じ寮で、同じクラスであれば、向こうから話しかけてくるものだと思っていた。
それなのに、彼は話しかけてこないどころか、敵対視するような目で見てくるのだ。
こちらは友好的でいたいのに、向こうは態度を和らげようとしない。

その結果、だんだん腹が立ってきて、同じように敵対視するようになってしまう。

いつしか彼にだけは負けたくない、と思うようになってしまった。

次第に周囲の者たちは、ふたりはライバルだと言い始めるようになった。

同レベルの能力を持つ相手に出会ったのは生まれて初めてである。

相当な努力をしないと勝てない。そう気付いてからは、勉強漬けの毎日だった。

二年間も成績を競っていると、気持ちにも変化が訪れる。

どれだけ頑張っても、勝ち続けるということができないことに気付いたのだ。

おそらく彼も、こちらと同じくらいか、それ以上に勉強しているのだろう。

それに気付いてからは、尊敬の念を抱くようになった。

どうにかして、普通に会話ができるようになりたいと思い、話しかける努力もしてみた。

リオル・フォン・ヴァイグブルグは実技魔法が苦手なようで、教えてあげようか、と声をかけようとした。それなのに、想定外の言葉が口から飛び出してきたのだ。

「お前、信じられないくらい実技魔法が下手くそなんだな」

彼は軽蔑するような表情でこちらを見て、「放っておいてくれ」と冷たく返す。

こんなことを言うつもりはなかったのに。どうしてこうなったのか、と頭を抱え込んでしまう。

リオル・フォン・ヴァイグブルグ——リオニー嬢とそっくりな顔を前にすると、冷静になれず、いつも心あらずな言葉をかけてしまうのだ。

深く反省し、次なる機会に賭けた。

二度目に話しかけたのは、雪山での課外授業のときだったか。

彼は他の生徒より、明らかに疲れていた。体力がないのだろう。

もしも歩けないほど疲れているのならば、少しおぶってやってもいい。そう、声をかけようと思っていたのだが——。

「おい、お前は子猫並みの体力しかないのか？」

そう言ったら、雪玉を思いっきり投げられてしまった。

雪玉が直撃した額を撫でつつ、また間違ってしまったと反省する。

三回目は三学年になる前くらいだったか。

この二年間、彼の背が伸びていないことに気付き、きちんと食べているか心配になってしまったのだ。

もしかしたら、食事を抜いて勉強しているのかもしれない。そんなことをしているとしたら、止めたほうがいい。そう思って、声をかけたのだが……。

「お前はいつまでたっても、背が伸びないな」

それに対する返答は、「放っておいてくれ！」だった。

こんなはずではなかったのに。

リオル・フォン・ヴァイグブルグを前にすると、どうしても素直になれない。

心の中では、友達になりたいと思っているのに。

そんな俺たちの関係に変化が訪れたのは、リオニー嬢のあるアドバイスからだった。

貸し借りをしたら、仲が深まる――それを実行する。

彼の努力を知り、尊敬する気持ちがこれまで以上に高まる。

三学年になって、気持ちに余裕もでてきたのか、素直に接することができるようになれたのだ。

リオルは俺が公爵の嫡男であることは気にせず、ひとりの人間として付き合ってくれる。

そんなささいなことが、どうしようもなく嬉しかったのだ。

これからも彼との友情が続きますように、と祈らずにはいられない。

ささやかな夢でもあった。

あとがき

はじめまして、江本《えもと》マシメサと申します。

この度は、『ワケあり男装令嬢、ライバルから求婚される「あなたとの結婚なんてお断りです！」』の上巻をお手に取ってくださり、ありがとうございました。

本作は令嬢が男装して男子校に入学、という王道ど真ん中の物語となっておりまして、私の好きな要素をこれでもか、と詰め込んだ作品になっております。

ただ、お約束から少し逸《そ》れた流れにした部分もあります。

男装をテーマにした作品において、男装したヒロインに対し無意識に好意を抱き、悶《もだ》えるヒーローというのは定番かと思いますが、アドルフは本命一筋の男。男装した主人公を、好意を抱く相手として見ません。

逆に、バリバリにライバル意識した挙げ句、友情を育むという熱い男でした。

主人公のリオニーは自分のやりたいことを強引に勝ち取り、男子校での生活を根性で乗り越える、我が強い子として書きました。

正直、読者さんに好感を抱いていただけるようなキャラクターではないだろうな、と思いつつ、書いた覚えがあります。

主人公は基本的に、応援したくなる、共感を得られるようなキャラクターがいいというのはわかっているのですが、リオニーみたいな強引な性格の子を書いてみたくなったわけです。

おそらくリオニーよりも、アドルフのほうが読者様から「頑張れ！」と応援いただけるキャラクターなんだろうな、と思っております。

そんなわけで完成した『ワケあり男装令嬢、ライバルから求婚される』ですが、お楽しみいただけましたら幸いです。

最後になりましたが、本作の制作に関わってくださった、すべての方に感謝します。

本当にありがとうございました。

読者様におかれましても、下巻でお会いできたら嬉《うれ》しく思います。

＜初出＞
本書は、「小説家になろう」に掲載された『引きこもりな弟の代わりに男装して魔法学校へ行ったけれど、犬猿の仲かつライバルである公爵家嫡男の婚約者に選ばれてしまった……!』を加筆・修正したものです。番外編は書き下ろしです。
※「小説家になろう」は株式会社ヒナプロジェクトの登録商標です。

◇◇メディアワークス文庫

ワケあり男装《だんそう》令嬢《れいじょう》、ライバルから求婚《きゅうこん》される〈上《じょう》〉

「あなたとの結婚《けっこん》なんてお断《ことわ》りです！」

江《え》本《もと》マシメサ

2023年２月25日　初版発行
2023年３月15日　再版発行

発行者　山下直久
発行　株式会社**KADOKAWA**
〒102 - 8177　東京都千代田区富士見2 - 13 - 3
0570-002-301（ナビダイヤル）
装丁者　渡辺宏一（有限会社ニイナナニイゴオ）
印刷　株式会社KADOKAWA
製本　株式会社KADOKAWA

●お問い合わせ
https://www.kadokawa.co.jp/（「お問い合わせ」へお進みください）
※内容によっては、お答えできない場合があります。
※サポートは日本国内のみとさせていただきます。
※Japanese text only

※定価はカバーに表示してあります。

Printed in Japan
ISBN978-4-04-914889-3 C0193

メディアワークス文庫　https://mwbunko.com/

本書に対するご意見、ご感想をお寄せください。

あて先
〒102-8177　東京都千代田区富士見2-13-3
メディアワークス文庫編集部
「江本マシメサ先生」係

◆◇◇

幻花の婚礼
贄は囚われの恋をする

染井由乃

吸血鬼一族の令嬢と、復讐を誓う神官。

偽りの婚約から始まる許されない恋。


吸血鬼であることを隠して生きるクロウ伯爵家の令嬢・フィーネ。ある夜の舞踏会、彼女は美しい神官・クラウスに正体を暴かれてしまう。

「――お前は今夜から、俺の恋人で、婚約者だ」

一族の秘密を守る代償としてクラウスが求めたのは、フィーネを婚約者にすること。吸血鬼を憎む彼は、復讐に彼女を利用するつもりだった。

策略から始まった婚約関係だが、互いの孤独を埋めるように二人は惹かれあい……。禁断の恋はやがて、クロウ家の秘匿された真実に辿り着く。

黒狼王と白銀の贄姫

辺境の地で最愛を得る

高岡未来

既刊2冊
発売中!

彼の人は、わたしを優しく包み込む――。
波瀾万丈のシンデレラロマンス。

妾腹ということで王妃らに虐げられて育ってきたゼルスの王女エデルは、戦に負けた代償として義姉の身代わりで戦勝国へ嫁ぐことに。相手は「黒狼王（こくろうおう）」と渾名されるオルティウス。野獣のような体で闘うことしか能がないと噂の蛮族の王。しかし結婚の儀の日にエデルが対面したのは、瞳に理知的な光を宿す黒髪長身の美しい青年で――。

やがて、二人の邂逅は王国の存続を揺るがす事態に発展するのだった…。

激動の運命に翻弄される、波瀾万丈のシンデレラロマンス！

【本書だけで読める、番外編「移ろう風の音を子守歌とともに」を収録】

メディアワークス文庫

天詠花譚
不滅の花をきみに捧ぐ

梅谷百

あなたと出会い、“わたし”を見つける、
運命の和風魔法《マジカル》ロマンス。

明治２４年、魔法が社会に浸透し始めた帝都東京に、敵国の女スパイ蓮花が海を越えて上陸する。目的は、伝説の「アサナトの魔導書」の奪還。

魔導書が隠されていると言われる豪商・鷹無家に潜入し、一人息子の宗一郎に接近する。だが蓮花の魔導書を読み解く能力を見込んだ宗一郎から、人々の生活を豊かにする為の魔法道具開発に、力を貸してほしいと頼まれてしまい……。

全く異なる世界を生きてきた二人が、手を取り合い運命を切り拓いていく、和風魔法ロマンス、ここに開幕！！

メディアワークス文庫

綺羅星王宮曲

七水美咲

時空を超えて紡がれる
極上の中華風ファンタジー。

神棲まう不知森に足を踏み入れた高校生の光流が気づくと、そこは「照国洛豊」という華やかな都だった。

元の世界に戻る方法を知るという“賢大婆”を探しに、後宮へ入るが……現代っ子の光流は身分もしきたりもお構いなし、目立つ存在に。お付きの女官の祥華の手助けもあり、気のいい内宮女の梨香、麗雅という友達を得、高官・徐煌貴の目にも留まり——。

同じ頃、血族が途絶えかけ皇帝の力が弱体化する照国に不穏な影が。王宮に渦巻く黒い陰謀は、光流にも忍び寄る。

メディアワークス文庫